北岳诗库

孔令剑
— 主编 —

一个人的列车

◀◆▶

GE PING
WORKS

葛平 ———————— 著

山西出版传媒集团　北岳文艺出版社

·太原·

图书在版编目（CIP）数据

一个人的列车 / 葛平著. —太原：北岳文艺出版社，2018.8
（北岳诗库 / 孔令剑主编）
ISBN 978-7-5378-5661-4

Ⅰ.①一… Ⅱ.①葛… Ⅲ.①诗集－中国－当代
Ⅳ.①I227

中国版本图书馆CIP数据核字（2018）第194553号

书　　名：一个人的列车
著　　者：葛　平
策　　划：续小强
责任编辑：樊敏毓
特约编辑：李　飞
书籍设计：张永文
印装监制：巩　璠

出版发行：山西出版传媒集团·北岳文艺出版社
地　　址：山西省太原市并州南路57号
邮　　编：030012
电　　话：0351-5628696（发行部）
　　　　　0351-5628688（总编室）
传　　真：0351-5628680
网　　址：http://www.bywy.com
E－mail：bywycbs@163.com
经 销 商：新华书店
印刷装订：山西万佳印业有限公司

开　　本：890mm×1240mm　　1/32
字　　数：151千字
印　　张：7.25
版　　次：2018年8月第1版
印　　次：2021年1月山西第2次印刷
书　　号：ISBN 978-7-5378-5661-4
定　　价：39.00元

本书版权为本社独家所有，未经本社同意不得转载、摘编或复制

策划人语

"诗歌出版"是北岳文艺出版社的重要传统。前有"黑皮诗丛",后有"天星诗库",皆为中国当代诗歌杰出诗人之重要出发地。更有"外国名诗珍藏",如今依然为广大诗歌爱好者所珍赏。

"北岳诗库"赓续如此光荣传统,其目光聚焦山西诗歌这一繁盛沃土,其旨在于不间断展示山西诗歌创作实绩,更瞩望为山西诗人造一清静小园。

"北岳诗库",是我们探求共建共享出版模式的开端。大风吹宇宙,红日照高山。祈愿"北岳诗库",如恒山一般,巍然耸立。

续小强

2018 年 2 月 2 日

目 录

第一辑 一个人的列车

我要和你们一起笑出声来 / 3
讲故事 / 4
下午四点以后…… / 5
"三八节"我要奖励自己 / 6
在春天搬动一些词语（组诗） / 8
槐花 / 14
我用了七个半小时去看…… / 16
潞安的雨 / 17
一个人的西行（组诗） / 18
化蝶 / 22
深秋来到了杏花村 / 23
这边，那边 / 25
对一个春天的端详（组诗） / 26
一个人的列车 / 34
2011，春天日记（组诗） / 36
秋的入口 / 41
依然是白纸黑字 / 42

今春无梦　　/ 44

墨菊　/ 46

三片树叶　　/ 47

黄花岭的黄昏　　/ 48

第二辑　生命中的疼痛

父亲祭（组诗）　　/ 51

病房日记（组诗）　　/ 68

肿瘤医院记事（组诗）　　/ 73

和你说说话（组诗）　　/ 79

母亲的第十二根手指　　/ 87

农历十月初一这天　　/ 90

回家　/ 91

清明　/ 93

冬至的麦穗饺子　　/ 94

在安泽沁河庄　　/ 96

第三辑　依然是白纸黑字

把一封信读出声来　　/ 99

如果给我们一个小岛　　/ 101

听筒里的海浪　　/ 103

我想靠近一种声音　　/ 105

没有什么能够带走我心的翅膀　　/ 107

我重新听见雪声　　/ 109

你的手取走了我血液中的灰烬　　／ 111

致旅人　　／ 113

雪人独白　　／ 114

没顶　　／ 116

暖暖的等　　／ 117

四月的天很空（组诗）　　／ 118

梦　　／ 122

北方的仰望　　／ 124

陨石雨　　／ 125

收割机　　／ 127

麻花辫　　／ 128

酿酒的女人　　／ 129

唱给窑坡的信天游（组诗）　　／ 130

梦中你带我回家过年（组诗）　　／ 135

镰刀·石头　　／ 139

心如止水　　／ 140

缩短　　／ 142

第四辑　非常写实

小街分镜头　　／ 145

非常写实（组诗）　　／ 149

汶川大地震纪实（组诗）　　／ 157

走近王庄　　／ 163

一小截榆树皮　　／ 165

苫单下的手　　／ 167

所谓不同　　/ 169

"验收"在星期日　　/ 170

灵石行（组诗）　　/ 172

六月的草原　　/ 175

五谷丰登的心情　　/ 176

阿赫玛托娃　　/ 177

致狄金森　　/ 179

四月的柳丝　　/ 181

西湖边辞友　　/ 183

在北京的春天行走（组诗）　　/ 185

二月十四日的硬座车厢　　/ 191

摘自六月二十六日的日记　　/ 193

今天星期日　　/ 195

独饮　　/ 197

向日葵　　/ 198

短信江湖　　/ 199

折叠日子　　/ 200

今天……　　/ 202

辨认　　/ 203

简单　　/ 204

我在春天虚构了一场大雪　　/ 206

短诗一组　　/ 208

黑暗中的灯盏　　/ 213

陕北行（组诗）　　/ 214

初秋，在和顺（组诗）　　/ 217

王家大院——瞎想　　/ 221

第一辑 一个人的列车

我要和你们一起笑出声来

黄昏的果园
夕阳正在从山楂树的发梢
一节一节地脱落

夕阳滑过的小小果实
多么像一双双的小眼睛
一眨一个童话故事
一眨一串串笑声

哗哗的笑声
多么甜的泉水啊

整个果园被孩子们的笑声点亮了
我昏黄的眼睛清明起来
藏在我身体里的白雪公主
还有卖火柴的小女孩
都被笑声叫了出来

谢谢你们啊孩子
我要和你们一起笑出声来

2008-7-5

讲故事

一片不大的草地
一只羊妈妈带着一只羊宝宝
它们在锁链的范围内
吃着已经稀疏了的青草

我听见羊妈妈在给羊宝宝讲
"狼来了"的故事
这是一个古老的故事
很小的时候妈妈就讲给我听
后来我又讲给儿子听

羊宝宝突然问
"妈妈,人来了怎么办"
我不敢面对羊宝宝的眼睛
下意识地加快了离去的脚步……

2008-8-3

下午四点以后……

下午四点以后
阳光就蹲在西窗上
我坐在椅子上读叶芝
另一个我走出我的身体

我开始听到那个葛平
一遍一遍地朗诵《当你老了》
她的字正腔圆
加速了太阳的滑落

满屋子无限好的荒凉
我捂住了她的嘴……

     2008-11-18

"三八节"我要奖励自己

我要奖励自己整个的春天
不仅有桃红　柳绿　鸟鸣　微风
我要奖励自己买一条漂亮的裤子
它要比裙子更适合走过泥泞
我要奖励自己一场爱情
即使没有爱人也没有关系
我还要奖励自己：
揽一怀最暖的春风
吹开所有母亲脸上的花朵
掬一捧最嫩的鸟声
染绿所有孩子的笑声
撷一春最妍的桃花
遮去所有妻子脸上的憔悴

最后我要奖励自己
去感谢火焰的柔软　灰烬的洁白
感谢麦苗的绿　油菜花的黄
感谢树根下的阳光　草尖上的露珠
感谢做窝的燕子　搬家的蚂蚁
感谢干净的纸张　温暖的笔

除了这半天的假期
我还有太多的感谢
来不及说出
还有太多的奖励
不仅是今天的惦记

2006-3-8

在春天搬动一些词语(组诗)

春天,我在摆弄两个动词

整整一个下午
我都在摆弄两个动词
——"回"与"去"
哪个更接近真实

"我正在回J地的车上"
"我正在去J地的路上"

两个动词,只动手不动口
不动声色的变化,像一根针
刺穿我脆薄的欢颜

如同今年的倒春寒
阳光灿烂,却风里藏刀
刚刚爆出的柳芽
顷刻就被料峭了

纸上,两个动词已水落石出

好在,只触目,未惊心

2016-3-28

寻白玉兰不遇

一个人沿西郊寻去
几株白玉兰曾经婷婷于此
那次邂逅,我就染上了白色忧郁
如今白玉兰却去向不明
空洞的树穴,是白玉兰在小城的留白
成了这个春天难于愈合的伤口

小城没有了白玉兰,依然春光无限
只有我内心在大雪纷飞
面对白玉兰的留白
不仅是"头疼淹没了偏头疼"
更是伤口感染了伤口
空洞见证了空洞

2016-4-20

回到了西窗

我又可以坐拥书香
在午后的阳光里,闭上眼
想象陶渊明的
——桃花源

在他乡,桃花的红,杏花的白
只是——他,他们的
而我花粉过敏,关节酸痛
我喜欢的艾香,他人
视作瘴气,避之不及
在他乡,我心怀忐忑
笨拙的低眉顺眼
补不住四处的破绽

回到了西窗
我尽可以发呆成一截木头
甚至把百合莲子粥熬煳
还可以,边喝着熬煳的粥
边读伍尔芙《自己的一间屋》

2016-4-27

一只喜鹊落在春天的西窗

我正坐在窗前读狄金森的
《要造就一片草原……》
一只喜鹊落在西窗

它羽毛上镀了一层暖暖的阳光
小嘴轻轻啄着玻璃窗
好像专程飞来向我打个招呼

"爱待春天,爱待生命"
"生命真好,春天真好"
似乎是短信惊动了喜鹊,它飞走了

它的翅膀在窗外,搅动起一个盛大的春天
四溢的芬芳与我只隔层玻璃
我蠢蠢欲动的双肋,隐隐有些痛

我坐回到椅子上
继续在狄金森的草原上
——应和着她的白日梦

突然觉得自己比狄金森幸运
因为,除了一株苜蓿,一只蜂
还多了一只喜鹊

2016-4-22

我曾动用过那些美好的名词

我曾动用过那些美好的名词
雪、陨石雨、火焰
小岛、四月、山楂树

动用其中每一个
我都曾焚香沐浴,身心皆净
它们其中每一个

都成就过一首或几首好诗

重复使用同一个名词
有的会脏，有的会滥
我无意抛弃却有意回避
这都是我的洁癖所致

每一次名词的更换
都是在与自己较真
也曾动用过个别不美好的名词
写下几首臭诗

其实——
我这一生都在无鱼之水中
头撞破，不摇尾

2016-4-16

从果园路回来……

独自从果园路回来
拂去长发上似雪的杨花
一边哼着"你在南方的艳阳里大雪纷飞"
一边点燃艾条
想要逼退身体里的寒

艾条明灭，往事并非如烟

那时，北京学院路上的杨花
飞扬成了"生命羽化而成的天书"
一首《杨花似雪》的诗
成为谶语，如今
果园路上，杨花成雪！

从来，落花抱不住流水
才有了李煜的"天上人间"
在这个落花流水的春天
我就像那截燃着的苦艾
自己为自己驱寒——
火焰是自己的火焰
灰烬是自己的灰烬

2016-5-2

槐 花

她们比杏花更瘦比桃花更薄
带着民间的身世
手牵着手　肩挨着肩
多么像阳光下晾晒的衣裙

风不用很大
她们就碎碎地落了一地
微微开启的嘴唇似乎在说着什么
没有人在意她们的言说与梦想

不知先落地的淡定了
还是留在枝头的心存侥幸
淡定也罢　侥幸也好
凋落是最终结局
她们中一部分落实在素朴的饭桌上
其余的都将被尘埃认领

在这个当不当正不正的五月
我有幸看到了一场槐花雨

并将耳朵贴近那些白里透绿的嘴唇
听到的并非是落寞

2008-5-2

我用了七个半小时去看……

花儿们红黄粉白地炸开
工蜂们在花蕊间采蜜的欢快
麦苗迎着春风把小腰闪了出来
露珠被阳光照见了内心的缤纷色彩
柳枝对着水面把麻花辫绿绿地编起来
小花猫、大黄狗们正在谈情说爱
麻麻菜、扫帚帚们鲜嫩地等着采摘
麻雀在高处叽叽喳喳喊出了爱!

哦——
我终于慢了下来……

2010-4-16

潞安的雨

一个人的旅程是灰色的
车停了　尘散了
雨却赶来了

雨中的我有些茫然
但并不惊慌
因为潞安的雨是绿颜色的
那是煤最初的颜色

潞安的雨是陌生的
煤却是熟悉的
火焰是柔软而有力的

善解人意的雨
就那么恰到好处的一小阵
只洗去风尘
不熄灭火焰

2008-8-8

一个人的西行（组诗）

一个人的江山

今夜，《长恨歌》在华清池
如梦如幻的情景再现
骊山脚下 4224 房间
今晚不谈爱情
成就了我一个人的江山

二十平方米内
江山一统，国泰民安
不上演长恨短恨的歌
不滋生旧爱新宠的怨

白色浴缸内
一样的温泉水滑，只是
我第六次否定了娇无力
左手将右手扶起

温泉是长安的温泉
凝脂是自己的凝脂

今夜，我内心干净身体澄明
一个回眸——无媚！
我的江山如画，隐去了多少豪杰

2012-12-8

再次来秦俑馆

再次走近兵马俑阵
脚步尽量放轻
不去打扰那位战袍将军的沉思
避开摩肩接踵的身影
我只与他远远地对视
他用金子般的沉默
纠正了我的浅薄、矫情、任性
不再像十五年前那样
指着他对身边的丈夫说
"他和你一样是单眼皮"
也不会像五年前那样
对身边的父亲说
"他和您一样的厚嘴唇"
我没有对战袍将军说出
曾经陪我来过
并且是我生命中最重要的两个男人
已相继去了他那个世界
我只是用与他同样重量的沉默
试图去解读他的沉默

也许，我们并不能够真正读懂
对方的沉默……

    2012-12-11

这次，我没有登上大雁塔

十五年前，就在这里
我将韩东的《有关大雁塔》
来了个现身说法
从远方赶来的我
随韩东笔下的很多人
飘飘然爬上了大雁塔
潦草地看了看周围的风景
我没看见长安
然后下来，很快就被人流卷走

眼前的大雁塔
曾经玄奘译经的净地
却被现时的繁华做成了唐式汉堡
正在被商业的烟火熏烤
我毫不犹豫地停下脚步
因为，继韩东之后的于坚
又以《大雁塔》将这里的诗意一网打尽
再次进去将是葛郎才尽
更重要的是，此刻我已身在长安……

    2012-12-17

又见黄河

这一段黄河岸
与上一段没什么不同
只是上一段归晋,这一段属秦
黄河水依然在黄
听不见《想亲亲》的火辣辣
麻花辫解开依然是直爽

此时,如果信天游响起
我只问一句
羊肚子手巾上那三道道蓝
是不是蓝天的蓝
羊肚子手巾的白
是不是白云的白

如果,是!
《赶牲灵》的人过来了
我就招一招手
让蓝天白云的人
把我直爽的长发盘起
然后坐着他的毛驴车
和一嗓子蓝格莹莹的信天游

2012-12-9

化 蝶
——游翠枫山有感

我成了一只小小的蛹
偎在翠枫山这枚硕大的绿茧中
僵硬自脚趾开始脱落
我在一点点地柔软

那些只闻清香不知名的药草
为我熏疗新伤旧痛
率性纠结的藤蔓
将我险些跌落的魂魄紧挽

四处漏风的身体
被原始次森林绿化了
绿色的呼吸
掀开翠枫亭的天窗
一只破茧的绿蝶飞过了鸟声

2006-9-14

深秋来到了杏花村

错过了杏花的白
错过了牧童青翠的笛声
更错过了唐朝的那场春雨
但愿不再错过那首
"桃花红,杏花白"的民歌

能不能遇上"翻山越岭"的人
没有什么关系
戴一朵绢做的杏花
再唱唱那句"啊咯呀呀呔"
亮堂堂地明媚了自己

杏花村　杏花村
杏花落尽依然是杏花村
一个错过了杏花的游人
枕着窗外的秋雨声
只能半梦半醒

杏花村不锻造断水的刀
只盛产消愁的酒

不胜酒力的我
竟被三两杯"竹叶青"
染成了一朵纸桃花……

2008-10-22

这边,那边

还是放下电话吧
你感觉的锈屑已将线路堵塞
你已回不到我的语言中了

你的痛苦在于
我总是能够说清楚我的清楚
我的忧伤在于
你总是不明白你的明白

这边　那边都在我们身边
只是思想走动时
哪边都没有边
脚想走动时
又四处都是边

隔着名词和动词
我在这边　你在那边

2006-3-11

对一个春天的端详（组诗）

对一棵杨树的专注

春天的偏心总是从枝头开始的
柳枝已被春风绿了多时
杨树枝头才爆出倔倔的芽
倔芽的绿却快得如此惊人

第一天：三枚嫩芽彼此相依
第二天：挤在中间的芽已出落为叶
第三天：三片叶儿比着肩地绿

杨树叶这么一绿
大有后绿者居前之势
有词为证："杨柳岸，晓风残月"
有诗为证："杨柳青青江水平"

2012-5-10

杨树下……

杨树漫不经心的绿
让我的专注露出破绽

我对这棵杨树的如此经意
缘自一片月光
月光下的一双手
曾在这棵杨树的背阴处
摘下一片新叶送我
给你,春天!

此刻,没有月光
是绿叶的掌声走漏了风声?
我想不出一个比暗还暗的词
就用右手摘下同一枝头的新叶
送给自己的左手
春天,给你——

天上的云悠悠然
我的手势比坦然还坦然

2012-5-11

逝去的麦地

倒春寒稍有喘息
我就想起西郊那片麦地
那麦苗的青，该是如何的青
下午两点，太阳刚好
骑单车出城向西

谁知西出小城无麦地
那片最后的麦地
被拔地而起的万间广厦吞噬了
我像是被蜜蜂蜇了：
"我的麦子！我的麦子"

是的，那不是我的麦子
是一句老电影的经典台词
麦地与我两茫茫

2012-5-14

遇见了白玉兰

不见了西郊那片最后的麦地
在路边遇见了玉兰
失之东隅却收之桑榆
带着些许的质疑走近玉兰
是她，就是她

是，我在杭州见过的玉兰
是，江苏诗人大卫一再写下的玉兰

眼前的玉兰稀疏而潦草
甚至有的整棵树
只举着一朵孤独的花苞
那略带忧伤的干净
震撼到了我内心杂质的部分
我不知玉兰在等谁
却坚信，我就是这个小城
能够读懂她的南方式忧伤的那个人

铺开《文艺报》
坐进玉兰的安静中
冲一杯白咖啡，然后开始轻轻地
给玉兰朗诵大卫的诗句
"不是一棵树遇上了另一棵树
是头疼——
淹没了偏头疼"

2012-5-15

我目睹了一树桃花的消殒

我是在傍晚的路灯下
认出了那树桃花
她在樱花的行列旁，独自伫立

那小小的腰身,更像是挺身而出
要给樱花们好颜色看
她在《诗经》中的——
夭夭,灼灼

这树桃花的来历并不重要
重要的是,我偏执地想要和桃花一起
抵制樱花香艳的邪恶
每一个傍晚走过桃花
她都与我心领神会

一场心怀叵测的风雨
把我的夜浸淫成忐忑
没有卷帘人可问
我怀着"知否、知否"的急切
来看桃花,眼前却是樱肥桃瘦
满地落红,隐隐传来半个世纪前
花季少女们撕心裂肺的哭喊
还有伴随着《樱花赞》扬长而去
且沾满鲜血的铁蹄——

是樱花联手冷雨摧残了桃花?
是樱花血腥的杀戮?
还有冷雨可耻的助纣为虐?

2012-5-17

山楂花是春天的小女儿

春天，这个树木花草的女王
她的旨意不容篡改：
柳树、杨树、榆树、槐树依次绿
迎春花、桃花、杏花、梨花渐次开

山楂花耐着性子
等候开花的指令
小脖子都抻细了
差点就被关在春天门外

山楂花的小白伞一打开
喧闹的春天很快安静下来
哦，那小小的，白得炫目的山楂花
是女王留给自己送终的小女儿

2012-5-20

邂逅苦菜花

一片树林里邂逅苦菜花
齐刘海还是四十年前那么的嫩黄
一对毛眼眼
还在天真地眨呀眨

小小的苦菜花可曾记得

当年那个十二岁的女孩子
打着手电筒在被窝里看《苦菜花》
被某个情节染红了面颊

蹲下身子的我
尽量低到苦菜花的高度
我发现身上的T恤衫
突然与苦菜花的颜色很相近

摘一朵苦菜花
插在霜降的鬓间
情不自禁又唱起《苦菜花开》
苦菜花笑了
我和苦菜花一起，金灿灿地黄

2012-5-21

坐爱汾河湾

下午四点的太阳
把四月的河水照得昏黄
汾河在这里拐了个弯
波浪不宽，流水也不哗啦啦

回荡在河面的《想亲亲》有些沧桑
编过《麻花辫》的手指不再兰花
宽松的淡绿色T恤衫

替代紧身牛仔装呼应春光
坐进我的慢春天素面朝河
任河风翻飞藏在长发间的白发

头顶,"阳婆婆"颤巍巍下坡
脚下,瘦汾河缓缓南流
身后,林涛阵阵
耳畔,蛙声一片

干枯的芦苇
春风里遥想昔日婆娑
对岸的老牛
犁翻去年的秋茬
林间的野鸡
找寻走失的同林鸟

暗下去的光线中
青翠的鸟鸣滴落水面
把我眉宇间的川字纹荡开
河水与黄昏一起川流不息了

2012-5-23

一个人的列车

一列火车
在夜的睫毛上行驶
它不随便惊动沉稳的梦
却疯狂颠覆边座的孤灯

手背支着下巴的睡相
眼前　一千次的清晰后
被列车的喘息一千次
惊得支离破碎

窗外的月光
肆意营造如诉的意境
一个人的列车
把月光碾碎
月光的碎片
在体内翻箱倒柜

行走他乡的人
独自的晓风残月中
大片大片的油菜花

匍匐在黑暗中

没有谁能说出
一个人的列车
与草原森林中的布谷鸟
有着怎样默契的和弦

列车载着身体远去
那舒缓的语调
仍在列车开始的地方
将千种风情说与伊人

   2002-9-8

2011,春天日记(组诗)

2月26日 小雪

一场春雪和一束非洲菊
是一同到来的

苍白的更苍白
热烈的更热烈

于是,我不知如何表述这个春天?
突然,窗外飘过稚嫩的歌声

"春天里,百花香
郎里格朗,朗格里格朗……"

多么简单而睿智的表述啊
哦,雪花,雪花也是花

3月1日 继续雪

雪夜,突然停电了
我将用什么来抵御这

——雪上加黑

我只知道这个时候
千万别想到怀念这个词
更不要奢望月光拯救雪夜的黑

黑暗中,静得只剩了雪花的脚步声
突然对小小的雪花充满了敬意

我用惭愧点亮了自己
然后,贴着雪花
一起飞……

3月2日 西风

窗外,春雪
在一点一点地消逝
屋内,非洲菊
在一朵一朵地枯萎

苍白,过去了
热烈,过去了
剩下来的就是日子

我将和日子一起
——白头偕老

3月7日 多云

我总是试图让花瓣保持鲜艳
就如同侍弄这束非洲菊
我每天口含恒温的水
让每一朵花都如沐春雨

我说不出她们的绽放是否同步
却见证了她们相继地凋零
为了保持美的纯粹
决不允许有萎靡的花态

四十朵非洲菊开始了减法运算
减三,减四,减五……
用减法保持美的纯粹
我丝毫不介意完美主义的帽子

明天就是三八节了
我拒绝和最后八朵已打蔫的非洲菊
一起度过女人的节日
必须,连花篮一起统统扔掉

4月5日 清明

雨还在密云中忍着
我和儿子去往南垣山公墓

儿子向左,去祭他的爸爸
我向右,去祭我的爸爸

我和儿子都在对自己的爸爸说
"妈妈挺好的,你放心吧"

一忍再忍的雨,一触即下
儿子搂着我的肩膀说

"我们都还有妈妈
一起去看外婆吧"

雨中,两个没了爸爸的孩子
一起去看妈妈、妈妈的妈妈

4月17日 春风

暮春的桃花寨
桃花落尽,寨门洞开
长款开衫敞开我炉火纯青的枯萎
我为自己的繁华落尽倍感欣慰

寨子里人影绰绰
一些人在切磋解开第二粒纽扣的细节
另一些人在解构崔护的桃花人面
我红颜褪尽,身体安详

很庆幸，没有空手而归
朋友赠我好书两本
于是，我长发飘飘
左手掬《梅雨》，右手携《阮郎归》

4月20日 谷雨

紫荆潭的水不深
聚来几个写作的女人
写作的女人无论从哪段水域切入
都会让紫荆潭的水
变得干净而妩媚

感谢紫荆潭一场意外小病
我被女人间的爱温润
众姐妹手忙脚乱
我竟聊生贪念
想要一直病下去

紫荆潭的源头在哪里
有没有流经李白的桃花潭不要紧
雨中，没有踏歌
带好女人的爱回家
便是常效的保健品

秋的入口

夏挥挥手
柳丝在心的深处
天高　地厚
仿佛从头顶开始凋零的老柳
倚在秋的入口
固执在聆听遥远的脚步

哪一声蝉鸣后
落叶似一张张
来不及捂住的嘴唇
谁的思念更苦
哪一阵风过后
吹开缄默的伤口
谁的痛更痛

有一声没一声的箫声里
天　低了高了
云　浓了淡了
雁　来了去了
人　绿了黄了

2002-8-17

依然是白纸黑字

隐藏在春天的深处焚稿
火苗是最薄的衣衫
素笺依然是白纸黑字
对着这自己说:放松些
至少与黛玉的焚稿无关

那些白纸黑字
企图从火焰中逃离
我用枯枝
把它们逼回火焰

火焰点燃眼睛
便是永生永世的疼
灰烬扑进怀中
便是切肤的寒冷

最亮的火焰是黄色的
最深的灰烬是白色的
最疼的依然是白纸黑字
上升的炊烟

下沉的爱情
中间悬着的又是什么呢

2000-7-26

今春无梦

今年春寒
我无梦可做
只好在棉被上
又加毛毯

二月的剪刀
还是找到了缝隙
在梦的入口划伤
在梦的出口疼痛
一场薄如绷带的春雪
包扎梦的伤口
有些力不从心

枕上要落多少根长发
我能否取出
发丝里的冷
听着窗外的猫叫声
把被子掖了又掖
随便拿起一本书
按下台灯的傲慢

然后对自己说

没梦真轻松

轻松的日子真好

1998-3-4

墨 菊

推开东晋的竹篱
穿过南宋的尘埃
我　就在你的面前

瘦影如故
暗香依然

登上南山余韵的高处
从相思到相逢
删去了千年的遥远

采撷悠然
堪摘憔悴

墨汁淋漓
纠缠着你
写下生生死死之缘
爱你　怨你
都不由自己

1995-11-1

三片树叶

走在十月的槐树下
女孩挽着儿子的右臂
儿子的左臂搂着我的肩膀
我像一片正在失去水分的树叶
旁边是两枚鲜绿的叶子
被年轻的叶子簇拥着
幸福有些酸　失落有些甜

多么想和他们一样的绿啊
但我也同样享受做一片
被簇拥着逐渐泛黄的树叶
就像现在的格局
不夹在两片绿叶之间
只守在旁边　留出空隙
好让阳光在两片绿叶上自由流淌

2008-11-13

黄花岭的黄昏

登上黄花岭时
黄花已经安歇了
连翘,不再翘首
她们是开罢,不是开败
面对从容的凋谢
我的衰老也悠悠起来
一缕夕阳,正透过枝丫
昏黄地洒在连翘和我的脸上
此时的我,情愿做一个黄脸婆
加入凋谧的黄花中
突然觉得
这是女人一生中多么好的时光啊
彻底的衰老
便获得了彻底的自由……

2018-4-30

第二辑　生命中的疼痛

父亲祭（组诗）

碑记：

　　葛氏世胜，一生多坷坎，口碑绝佳，因其傲骨大气是一真汉子也。八岁即随父亲下煤窑，十六岁参军，步行南下，一路入川，深入彝区藏区剿匪，虎胆英雄。为尽孝不留恋锦城，举家迁故乡，将老母接至身边奉养。虽脱去戎装，军人气质不少丢。"文革"时不满世道王法，敢拍案而起，以致两陷囹圄达六年久，脚镣手铐不能改正直脾性……

庚寅年十月初一

不知做错了何事
父亲又在数落我的臭脾气
父亲的唇线依然棱角分明
我嘴一噘
谁让你给了我棱角分明的厚嘴唇

梦醒后恍然
哦，今天是阴间的节日
我先电话提醒弟弟
今天要为父亲烧纸钱
然后给儿子发短信

别忘了给爸爸送冥币

从不关注农历到惦记农历
清明、七月十五、十月初一
成为三个疼痛而温暖的日子
面对命运的这份给予
我坦然接受
并常怀感恩的心情

2010-11-6

两次缺席

1957年12月15日11时40分
雅安一场罕见的大雪
封住了望鱼古镇
也封住了外婆赶往医院产房的路
我在妈妈孤单的阵痛中挣脱了宫腔
急着想看看爸爸的模样
爸爸在那遥远的地方
——西藏
那里的好姑娘正在遭受土匪的威胁
爸爸在剿匪战役中
获得一枚金灿灿的军功章
妈妈的泪水滴在我的小脸上
是我的啼哭止住了妈妈的呻吟
我一落地

妈妈就把风湿性关节炎给了我

1980年5月29日
一场大雨中我做了新娘
本应是爸爸的胳膊挽着我
亲手把我交给我的新郎
爸爸却在高高的狱墙内
手腕被"革命"的手铐剥夺了自由
我和爸爸咫尺天涯
军功章压在我的嫁妆箱底
发不出一丝光芒
妈妈送我到大门口
泪水和雨水滑倒了我和妈妈的告别
我和妈妈的关节炎同时复发

2009年12月8日18时47分
爸爸带着遗憾去了那个世界
我带着爸爸的基因等待轮回……

2010-11-10

牵　手

1962年的冬天
爸爸牵着我的手
走在雅安美丽的青衣江畔
爸爸的四指向后　我的四指向前

爸爸身上的军装挺拔步伐矫健
我的小红皮鞋追着爸爸的黑皮鞋
碰到幼儿园的老师和小朋友
我会自豪地说
这是我的大英雄爸爸
然后摇晃着小脑袋
看，这是爸爸给我扎的蝴蝶结
我的声音融入了青衣江
我的小手在爸爸的手掌中
一天天长大

2009年11月10日
这场大雪来得出奇的早
肿瘤科病区弥漫着消毒液的味道
我牵着爸爸的手
走在白色寂静的走廊
我的四指向后　爸爸的四指向前
爸爸身上的病号服打蔫步态虚弱
我的平跟鞋一慢再慢地等着爸爸的棉拖鞋
变小了的爸爸见到病友和护士
头就高高扬起：这是我的大姑娘
然后扭头看看我：爸爸走够十圈了吧
我的笑容温和而坚定：老革命不许耍赖哦
爸爸声音很低：不就差两圈嘛
然后无奈地笑笑
我的手更紧地牵着爸爸的手

爸爸虚弱的身体更紧地靠着我
爸爸的手在我的手掌里
一天天枯萎

2010年11月17日
爸爸，今夜我在西窗
用你留给我的手型为你写诗
青衣江依然在我梦中流淌
你却去了比远更远的地方

     2010-11-17

情　诗

爸爸，我终于可以写首情诗给你了
在你走后的第三百三十九天

当我还不懂白马王子时
你就成了我心中的白马王子
那时我五岁
在幼儿园里和小朋友过家家
我当布娃娃的妈妈
说什么也不要那个叫军军的男孩
做布娃娃的爸爸
我说布娃娃的爸爸
是肩上有三颗星星的解放军
他是个英俊的大英雄

童话故事陪着我慢慢长大
开始了对白马王子懵懂的憧憬
那年我十岁
我用你给我的凤眼
经常偷偷对着你戴肩章的照片发呆
又让你给我的元宝耳
在夜里听见了妈妈睡的木雕床上
传来爸爸急促的：宝贝
睡意蒙胧的我正要答应
却听见妈妈软软的应声
我赶紧捂住耳朵闭紧了嘴巴
从此我搬去和奶奶睡
从此我看妈妈总是低低的眼光
直到我也开始恋爱

当我懂得爱情后
却没有遇上和爸爸一样英俊而刚直的
——白马王子

2010-11-12

基 因

常听人说爸爸的四个孩子
就我最像爸爸
我却仍然耿耿于怀爸爸的吝啬
没有把他挺直的鼻梁给我

爸爸是公认的美男子
我却在这个"美女"时代和美女擦肩而过

不曾听过爸爸的歌声
却见识过爸爸风度翩翩的舞姿
当时叫雅莉的我
穿着爸爸买的"布拉吉"
被爸爸抱在怀里跳"蹦擦擦"
第一次听到《山楂树》

闯过枪林弹雨的爸爸
最喜欢读的却是《红楼梦》
家中书柜藏书寥寥
《红楼梦》套着"毛选"的牛皮纸外套
爸爸告诉我不可读《武则天》
《红楼梦》一定要反复读

我继承了来自爸爸的刚正
也曾在探监时挨过看守的骂:
和你老子一样又臭又硬
正是我发扬光大了爸爸的率真
还有他不易察觉的忧郁
于是　我成了诗人

离休后的爸爸
依然关注《参考消息》

常常透过老花镜读历史、人物传记
爸爸读不懂我写的诗
却要我签名的诗集
送他的老战友我的马叔叔

岁月的魔笔在不断强化我们的父女像
在我眉宇间临摹了爸爸的川字纹
下巴拓上了爸爸的月牙纹
终身受益的依然是爸爸足钙的骨质
当然，也要请爸爸原谅
我也遗传了他的固执和倔强

2010-11-25

认识爸爸

白色病床越来越空旷
爸爸像一棵落尽繁华的老树
那些瓶装袋装的液体
已阻止不了树枝干枯的速度
我雾蒙蒙的眼中
出现了第一次见到的爸爸
爸爸对我张开健壮而开阔的臂膀
正在对镜的我扔掉了镜子逃之夭夭：
不要解放军叔叔抱抱
爸爸的表情在碎镜片上猝不及防
那年我不满三岁

白色病床越来越空旷
爸爸像一棵落尽繁华的老树
爸爸看见食物
就把头扭到妈妈胸前撒娇
在我的软硬兼施下
爸爸嘴里塞满了食物
眼睛却一直在看我
我忍住泪水把头扭向窗外
远处走来了
为了奶奶军装换便装的爸爸
和奶奶斗嘴被奶奶拿着掸子追的爸爸
哄着临终的奶奶吃罐头的爸爸

白色病床越来越空旷
爸爸像一棵落尽繁华的老树
被亲人簇拥在病床上的爸爸
用力量吹灭了八十岁的生日蜡烛
第一次看见爸爸的眼泪
泪水的涟漪中我再次看见
胃切除五分之四的爸爸
依然大碗喝酒 "文革"期间
沉重的大牌子和阴暗的手
压不住爸爸高昂的头
拖着脚镣受审的爸爸
愤然用手铐砸向审讯者

白色病床越来越空旷

爸爸像一棵落尽繁华的老树

曾经手铐没能驯服的手腕

却对区区输液管妥协得如此彻底

交出了右手的爸爸

用左手捧读《元帅之死》

我用爸爸给我的手

及时翻过一页页的历史云烟

突然爸爸开始抽泣

随后开始骂娘

为一代开国元勋的悲惨结局

讲到他的老首长刘伯承

爸爸更是哭得像个孩子

情绪缓和后的爸爸

又一次敲敲他那颗假牙

爸爸命大！炮弹片只打掉了这颗门牙

白色病床越来越空旷

爸爸像一棵落尽繁华的老树

面对看望他的单位领导

刚刚还谢谢人家

接着就凤眼上挑

老职工们还住拆迁房

你们住在大房子里睡得安稳吗

我赶紧打圆场：今天爸爸心情不好

爸爸竟一骨碌坐起

老子心没坏

白色病床越来越空旷
爸爸像一棵落尽繁华的老树
曾经一天要刷三次牙洗两回脸的爸爸
开始撒娇耍赖了
早上说昨晚刷过牙洗过脸
晚上说早上牙刷过脸洗过
我一说洗脚
爸爸的脚就躲在被子里了
爸爸一天也不出去哪来的脏啊
然后向妈妈投去求助的目光
妈妈看看我：我也得听大姑娘的
我马上使出撒手锏
李主任说泡脚能促进液体的吸收
爸爸极不情愿地把脚交给我
洗着和我同样的脚型
我不再害怕未来的泥泞

白色病床越来越空旷
爸爸像一棵落尽繁华的老树
从不拍马屁的爸爸
面对手拿注射器的小护士
会及时地竖起大拇指
甚至伪造一脸的灿烂对医生说
今天比昨天好

每次经过垂危患者的病床
头扭得像听到了向左转的口令
也会满眼哀伤地看着我:
爸爸很难闯过这一关了
我藏起了深渊般的悲伤
拿出蒲公英一样的轻松面对爸爸:
明年春天咱还要去北京看水立方呢

爸爸那棵落尽繁华的老树
最终彻底倒下了
爸爸的舌根正在一点点地僵硬
我用爸爸给我的耳朵
贴近了爸爸依然轮廓分明的嘴唇
听到了他留在这个世界上最后的话语:
不搞披麻戴孝　不搞遗体告别
然后用哀求的眼神看着我
艰难地指指让他痛苦不堪的尿管
我最后一次服从了爸爸
终于摆脱了所有管子的爸爸
走得从容而安详

认识爸爸　我用了半个世纪
面对土匪的黑话和匕首
面不改色的侦察英雄
是我的爸爸
病床上对死亡的恐惧毫不掩饰的

也是我的爸爸
半个世纪　树叶绿了又黄
爸爸永远是那个真实的爸爸
感谢上天让我在最后
看到了一个完整的爸爸

    2010-11-18

假如有来生

爸爸，假如有来生
让我依然做你的女儿
你依然是一个刚直英俊的北方硬汉
娶外柔内刚的川妹子妈妈做你的新娘
你和妈妈还要自由恋爱
我依然是你们蜜月中培育出的胚胎
你们的爱情依然像阳光
一次次穿透我头顶的阴霾

你和妈妈还生四个孩子
我依然要
稳重干练的大弟做我的大弟
快嘴好人缘的妹妹做我的妹妹
马大哈的小弟做我的小弟
我情愿再做他们的大姐
无论他们谁犯错
我都会陪着他们站成：哆、唻、咪、发

任爸爸拿木尺责打我们怯生生的手掌
无论贫穷还是富有
我们一家六口还要同住一个屋檐下
延续我们今生的相亲相爱

爸爸，你要答应我
在我出生时
你一定要守候在妈妈产床前
给妈妈做妈妈的力量
让父爱簇拥我的第一声啼哭
我还要爸爸在我的婚礼上
亲手把我交给我的爱人
让我成为世界上最幸福的新娘

爸爸，我也要答应你
来世还为你做你最爱吃的掐疙瘩
如果你再次蒙冤入狱
我依然去探监送香烟
并把"春天不远了"的消息
再次塞进你的鞋里
然后像杨三姐那样到衙门
没鼓可击也要奋力为你鸣冤
如果你不幸再次身患绝症
我依然会守候在你床前
为你洗脸洗脚喂水喂饭
并用手指为你排便

只是你不要又羞红了脸

不　不　不
这些还远远不够
我还要让你陪着妈妈过百岁的生日
并当着我们姐弟的面
亲吻妈妈爬满皱纹的脸
然后我们姐弟四人
依次吻过你和妈妈攀上额头的沧桑

爸爸，你走得太急
没有钩住我伸给你的小拇指
不过没有关系
来世你一定会凭借你给我的
凤眼、厚唇、元宝耳
认出我还是那个
和你一样臭脾气的大女儿

2010-11-8

爸爸梳的"把拐拐"

今天是父亲节
又翻出了老照片
我三岁半，爸爸梳的"把拐拐"
还是那么纹丝不乱
我的笑纤尘未染

一直都没搞清楚
"把拐拐"到底是哪三个字
只记得爸爸先给我编俩麻花辫
把辫子折叠后扎蝴蝶结
爸爸梳得"把拐拐"三天都不会散

总以为有的是时间
弄清楚"把拐拐"还是"把乖乖"
失去了耐心的爸爸
永远地带走了答案

不过总有一天
我会带着爸爸的厚嘴唇
去向爸爸请教答案
让爸爸再为我梳起"把拐拐"

2012-6-17

周年祭日

爸爸，此刻我们隔着火苗
还有我写给你的诗行
你在火焰之上淡定了
我却在灰烬中回望燃烧

风在墓碑之间打着响指
很多人已经来到这里

你左边是王叔　右边是赵伯
更多的人正在到来的路上

爸爸，不要牵挂我的孤旅
我有你留下的脚型
八十岁时我赶来了
我们就是永远的同龄人

此刻，风很大
那些诗行不停地在火焰中翻飞
黑蝴蝶、灰蝴蝶、白蝴蝶
我保持安静　盐在身体里下沉

  2010-12-8

病房日记（组诗）

一床棉被，两个梦

昨晚我梦见陪嫁的那床棉被了
梦里还有我的弟弟妹妹
妹妹摘走了被面上的蜡梅
弟弟捉走了被面上的喜鹊
父亲追攥淘气的弟妹
梦一下破了个大窟窿
我连打三个喷嚏　梦是心中想

早上便接到母亲的电话
她说昨晚梦见我死了
身上盖着那床陪嫁的棉被
母亲不让棉被盖住我的脸
她说怕我想家哭时她看不见
说着母亲哽咽了　然后破涕笑道
"梦是相反的　一死三活"

2006-3-29

关于春天

满脑子的血小板白细胞
像春天绽开的桃花与梨花

唐朝的春天好
二十世纪的春天也好
只是我的春天不好

充耳都是关于免疫力
血小板与白细胞降低的消息
我频频穿梭于病房和吊瓶之间

在我眼里梨花与桃花
就是春天的白细胞与血小板
纷纷落英让春天渐渐枯萎

真担心一直这样落下去
春天还能春天多久……

2006-4-8

干　净

高居十楼的血液科
确实很干净
肿瘤都隐藏于血液里
甚至干净到病房不分男女
这里没有男人
也没有女人
有的只是病人……

2006-4-5

一只蟑螂

病房的光线暗下去时
一只蟑螂从床头柜的豁口处
踉跄而出
先是在浓浓的化疗药气味中
探头探脑
继而与我对视
直至将我的目光拉直

我看见它两扇微微张开的翅膀上
闪着古铜色的光泽
就在我出神时
它窜过大小不一的药盒
随着进出的白色护士鞋

消失在匆匆行色中

我吃惊于没有了往常的厌恶
更没有要灭它的念头
我只是从它的身上
感觉到一种叫顽强的东西
这时窗口最后一丝光线
落在我的脚踝上
我弯下腰拍了拍脚上的尘埃

2006-4-6

正　午

走廊终于安静了下来
两个护士摘掉了口罩
在值班的长椅上窃窃私语

病房的三只吊瓶默不作声
白色的病床上睡了五个胖瘦不同的人
鼾声此消彼长长短不一

守着液体的我像一头独头蒜
裹紧薄薄的外衣
用自己的辛辣给自己提神

窗外

阳光在树叶上打了一个小小的盹
我已度过数百个这样的正午

2006-4-12

肿瘤医院记事（组诗）

站在十层的血液科看窗外

站在十层的血液科看窗外
破旧低矮的放射科
中间被拆成了大豁口
像老太太空洞洞的嘴巴
常有一些面部或颈部画着红线定位的患者
被那黑洞似的大豁口吞进吐出
那触目的红线
就像布告上某某名字上的红叉叉
在众多行人中
他们看上去更小　头埋得更低
他们不是天生的矮小
刚入院时他们走路也挺直
慢慢地血被肿瘤榨干了
钱都被交费处的窗口吞尽了
头发被化疗化光了
身体像瑟瑟的衰草
无论东西南北风都能让他们匍匐
而他们中间更多的人只能从后门出去了
最后他们只带走了肿瘤

把痛留给了亲人
空出了病床留给新来的患者

2006-3-30

止　痛

一边陪护病床上化疗的丈夫
一边在读一本诗集
一位实习医生突然问我
"你还有如此雅兴"

她哪里知道
此时读诗对我来说
既不是雅也没有兴
我只是在用诗歌为自己止痛

2006-3-28

四月十二日　大风雪

这场大雪的骤降
比杨白劳年三十的那场雪更寒冷
人们哪里料到春寒会料峭至四月
出门的人已急匆匆丢弃了冬衣
这场风雪将春暖花开劈成冰刀飞溅

我曾多次写过雪

写它带给我的爱情与飞翔
我也曾多么矫情地写下
"雪是白色的被单　使大地大病初愈"
今天面对盖着白被单的亲人时
所有的风花雪月比轻更轻

病房里一个个被肿瘤磨蚀的身躯
一场小小的感冒会在他们的体内
掀起一场更大的风暴
我已绷紧了神经
窗外的风雪越来越急……

2006-4-16

交　费

"四十八床交费"
那女高音很有穿透力
病房的阳光顿时碎了一地
我的踯躅在于一个人
根本就不敢去储蓄所取钱
我的手从未摸过那么多的钱

看见护工小吴像是看见了救星
恳请小吴陪我去取钱
有点男孩儿气的小吴很仗义
一路上遭抢劫的细节——在脑海闪现

手臂更紧地挽着身边的小吴

面对储蓄所的营业员
我低声说出五万这个数字时
眼睛敏感而迅速地掠过四周的脸
储蓄所到交费处的距离不足三百米
我却走成了二万五千里

当我将这二十年前的五个"万元户"
投入那冷冰冰的交费口时
有一种分娩后的轻松
我手捧着薄薄一张缴费条
嘴里反复念着丈夫的住院号
〇三〇三一〇二

2006-4-1

裙子下岗了

那天朋友来医院看我
我去迎他却没被认出
问他是不是被我的憔悴吓着了
他的回答很有趣
"我从来没见过你穿裤子"
"噢,我是说印象中你总是穿裙子"

这时才想起我的那些裙子

它们已经在衣柜里待岗三年了
我的朋友和飘逸的裙子们
哪里见识过我这三年的医院生活

每天我要打两次开水三顿饭
倒五六趟的便壶　跑七八回的医护办
还有血样要送　化验单待取
更有提心吊胆的交费
每天我都要从十楼到一楼
上蹿下跳　东奔西跑
裙子已经不能与时俱进

其实我何曾不想念那些裙子
它们曾带给我许多的优雅和飘逸

这时我突然想起王小妮的那首
《穿裙子的稻草人》
麻雀们只顾着欣赏穿时髦裙子的稻草人
稻米们却很安全地一天天饱满

如果我也穿上漂亮的裙子
能勾引来所有的肿瘤
我宁愿每天穿着裙子
一楼跑到十楼　十楼跑到一楼
从此不再挤电梯

2006-4-5

坠　落

夕阳像一颗委屈的浊泪
映照着欲坠未坠的三十九号患者
八楼七号病房的窗口
被她作为人生的句号
坠落的速度直逼夕阳

这是一个四月的黄昏
满地的落花没能接住她的呼吸
她成了最枯萎的一朵
在与肿瘤的较量中
她成了最惨的败将
甚至没来得及将左脚的袜子穿上

我从纷纷的议论中逃离
却逃不出那撕心裂肺的哭声
结束了痛苦的她
再也看不到哭成了泪人的亲人

2006-4-19

和你说说话（组诗）

减　法

减去了春联
减去了爆竹
减去了一把椅子
减去了一双筷子
减去了酒杯的相碰
减去了一双四十二码的拖鞋
减去了一件
散发着"万宝路"烟味的睡衣
减去了枕边 AB 血型的鼾声
减去了重鼻音的"喜欢吗"
减去了……
我的年如此简单
简单成了一个动词
——失去

2007-3-8

和你说说话

记得往年的"清明"
你都会带着祭品和风尘
回老家为你的父母上坟
今年的"清明"
我却要为你准备祭品
你已迫不及待去陪伴你的父母了
你背弃了"我要好好疼你一生"的承诺
尽管我有太多的怨
却也无法怪罪你
因为你是一个孝子

你走后我在努力读《庄子》
却无法到达"鼓盆而歌"的境界
我只能做到在人前忍住泪水
与你一样我也是个孝女
我的父母正在一天天地变小
我必须照顾他们像
我小时候他们照顾我一样
我们的儿子越来越懂事
他会在每年"清明"去看你
你在那边要少抽烟多锻炼身体
我在这边会努力学会驻颜术
不然等我去见你时
我会比你的母亲还要老

那时你还会对我说：
"你真是我的小冤家"吗

   2007-3-28 凌晨

握紧与松开

你握着我手的力量
正在一点点的弱去
直到手指软成面条后
一生中最黑的一段夜
把你安静地带走
我体验了流星陨落的速度

你曾经健康的手
牵我走过许多的花开花落
当我牵过你孱弱的手
拼尽所有的力气
最终还是让你从我手中滑落

从你的手松开那刻起
我已经不再害怕握紧与松开
你留在我手中的温度
正在一丝丝地冷去
你的指印在我血液中越来越深

   2007-4-4

那天，我还是去了

没有听进朋友的相劝
没有顾忌当地的风俗
这回我一定要听从心里的声音
送你这最后的一程

站在黑白两色之间
满眼全是乌鸦与雪片
身着黑衣的我
轻得像一只断翅的乌鸦
此时就是借来全世界的翅膀
我也无法追上你了
眼里涌出的泪水
顷刻便冷作雪片
我在颤抖中保持着安静

直至看到
我们曾经多么阳光的儿子
被泪水悲伤洗劫后的脸
看到已化好了妆
将要孤零零上路的你
眼前袭来最黑的黑
我的身体和坚强一同轰然坍塌

声音回到耳边时

我已躺在了我们的床上
身边是松了一口气的亲友们
我向他们表示深深的歉意
然后找回了自己的手
把坚强慢慢扶起

             2007-3-31

清　算

你终于完成了一生最后的燃烧
剩下最干净的灰烬
折磨你三年零两个月的癌细胞
在你生命最后的火焰中
被彻底清算
冰冷的灰烬
享有了彻底的宁静

我一生最大的情敌
——癌细胞
它夺走的不仅仅是爱情
更有我赖以呼吸的亲情
如果有来生　我不再写诗
要在显微镜下找出一种疫苗
对癌细胞进行彻底的清算

             2007-3-29

你如此重地惩罚了我

以冰冷的灰烬
以永远的沉默
以两界的距离
你如此重地惩罚了我
就在我恳切地想要纠正错误时
你带走了最后一块橡皮擦

曾经以为很优雅的日子
有一些鸡毛蒜皮的磕碰
却从来不屑于鸡犬不宁
你却说宁愿我凶你哭你
却难以接受我的沉默和写纸条
为了对付我的那些纸条
你曾背过许多格言与诗词
总是你的妥协
满足了我心里小小的骄矜

如果一切可以重新来过
我宁愿像父母那样
厨房吵架起居室就和好
像邻居那样摔碎了锅碗
然后一同去超市再买
委屈时便对着你泪眼婆娑
生气时甚至不惜自毁形象

变成一个泼妇
……

当我终于明白了
日子最需要柔软的棉花
实在的卷心白菜
你却失去了耐心
并用最终的沉默
让我那些曾经小小的沉默
输得如此绝望彻底

2007-3-30

陪父母好好过年

二〇〇六年很黑
相继吞噬了三个亲人
母亲失去了二哥
父亲失去了五弟
二老又共同失去了他们的女婿
白发人送黑发人的痛
压驼了父亲的将军背
揉皱了母亲温润的面颊

作为他们的女儿
唯一能为他们做的
只能是在他们面前不流泪

然后用一贯的懂事

包紧所有伤痛

再用隐忍捏出花边

把自己包成一只漂亮的饺子

陪父母好好过年

    2007-4-3

母亲的第十二根手指

细细　两根竹针
为母亲操劳的十指
频添了
十二分的疲惫

竹针的碰撞声
击打着昼夜
母亲　听圣乐般安详
爱　自心头捻出
绵绵　无尽头

第一件毛衣
母亲　修长的手指
把羞涩　织成
待嫁的红晕
那时的母亲
一定　楚楚动人

一尾细细的鱼尾纹
悄悄游上眼角

叶落时　母亲
拆开嫁时的红毛衣
带着体温的毛线
在母亲手指与竹针的
急促中
不懂事的我
便有了毛大衣的
温馨　母亲
薄了的身影
织落了整夜的星星

母亲　面颊的红润
满头的青丝
被佝偻的手指
织成　小孙女的花裙子

母亲　您头顶的雪花
融入我眼底
就是一汪晶莹的疼
落在我心上
刻一道深深的痕
我将心窝的热
絮做母亲的小棉袄
贴身穿着
您会安好地度过冬季

歇歇吧　母亲
您停下
第十二根手指的劳顿
仍是我生命中的
太阳
您手指上的温暖
暖着我
薄薄厚厚的一生

> 1996-11-4

农历十月初一这天

深秋,一深再深
人民忙着储备过冬的白菜、大葱
落叶急着四处找寻
属于自己的那一抔黄土
一些人,包括我
在兜售冥票的地摊前驻足
购买冥票的人
就像树梢瑟瑟的秋叶

车来人往,与往常一样忙
夜色中他们有着各自的方向
我独自来到绵山路的十字路口
用白灰圈住一个地址
圈内,冥票焚烧
圈外,我絮絮叨叨
夜风掠过,烟灭灰飞
灰烬落在我昏暗的身上
触目。寒冷

2008-11-4

回 家

四月是个适合做梦的季节
我的失眠却日益严重了
梦是你唯一回家的路啊
我忙着买药　吃药　换药
感谢"梦宁片"拯救了我的睡眠
你终于可以回家了

你每次回家都不停地叮嘱
一个人的三餐也要色香味美
煤气一定要先关掉总开关
洗衣机的插销不要湿手去动
晚上一定记着把门反锁好
睡觉前别忘了喝杯热奶
躺在被窝看书不可太晚
……
我竟像个听话的孩子使劲点头

你突然放下了家里的钥匙
说你回家不再需要钥匙了
然后你消失在一阵风的背后

没能拉住你的手
却把梦捅破了
我恨恨地咬了那只手

是疼痛告诉我
梦外只剩了我自己

2008-4-8

清 明

二〇〇八的清明　寒食
与报刊 荧屏 山川 河流
一起春意盎然了
清明对于我
不再是踏青的轻盈
不再是附庸寒食的风雅
四月的春光明媚不明媚
这些都不是我最关心的问题
我更多关注的是
清明终于成为法定假日
关注那些姹紫嫣红的冥票面额
另一个世界的亲人托梦说
等着用钱打理物价高涨的日子
清明前夕我最关心的是
清明那天会不会下雨

2008-4-3

冬至的麦穗饺子

一缕阳光很新
像是被昨日的雪洗过
我把盛着四个麦穗饺子的碟子
摆在了父亲面前
其实,我并不明白为什么一定是四个
但父亲已经是第三次在相框里
只吃四个冬至饺子了
被玻璃挡着的父亲
还能吃出母亲独家羊肉饺子的味道吗

麦穗饺子冒出的热气
哈湿了我的眼睛
对着相框里的父亲我总是失语
我只是在想象,父亲额头冒着热汗
一口一个饺子的豪爽
只是,自从父亲住进了相框
平日不再包麦穗饺子
似乎麦穗饺子会长出麦芒

此时,窗外的阳光

伴随我的跪拜起伏了四下
我用惯性的手势,捧起了相框
用父亲留下的厚嘴唇
又一次亲吻父亲额头的川字纹
我吻到了父亲的汗珠
有点咸,有点凉

2012-12-23

在安泽沁河庄

破败的院子,昏暗的屋子
84岁空巢老妈妈脸上斑驳的岁月
与斑驳的墙壁相呼应
也许,她不知道诗人是些什么人
面对着印有"我们和你在一起"字样的大礼包
她双手合十不停地躬身
嘴里叨念着:感谢党,感谢政府
她每躬身一次
左眼角那坨眼屎就跟着往下坠一点
我几次想伸手帮老妈妈擦拭
突然觉得自己的手未必就真干净
当摄像头和相机对准诗人们和老妈妈时
眼眶湿润的我逃离了镜头
我配不上老妈妈一脸的虔诚
更不敢对她说出"和你在一起"
因为十分钟后,我们便呼啦啦散去
这里将恢复空寂
而我只想赶紧回家
紧紧抱着自己年迈的母亲……

2018-5-7

第三辑 依然是白纸黑字

把一封信读出声来

捂了又捂的心跳
深了又深的呼吸
擦了又湿的眼角
住了又颤的手指
把一封信读出声来

多读一个字恐是火焰
少读一个字怕是灰烬
声音高时担心风会偷去
声音低了怕耳朵着急
把一封信读出声来

让石头开出玫瑰
喧嚣中的孤独回到一个人的孤独
舌尖卷起的是柔情
牙齿咬紧的是疼痛
把一封信读出声来

左眼倒右眼的泪水
将一个蒙尘的词洗净

左手翻至右手的阳光
暖完今生　再暖来世
把一封信读出声来

2002-9-7

如果给我们一个小岛

如果给我们一个小岛
我要把小岛
鲜红地种满吻
让长发编织的围巾
拥暖你秋天的喉结
如果给我们一个小岛

如果给我们一个小岛
我要用
左边的酒窝酿酒
右边的酒窝酿蜜
炙透所有的日子
如果给我们一个小岛

如果给我们一个小岛
我要把小诗写在你的额头
任诗情漫过你的鼻山眼海
卷走你的聪明
淹没我的糊涂
如果给我们一个小岛

如果给我们一个小岛
我要卸掉千年的羞赧
即使温柔只是一朵
小小的火焰
我也敢完整地开给你看
如果给我们一个小岛

    1997-8-30

听筒里的海浪

这是一个七月的下午
星期四的办公室
让人感到烦闷
一场阵雨和一阵电话铃声
是一同到来的
"喂,是你吗?
——听听这是什么声音"
我开始怀疑自己的耳朵
是　是　是海浪吗
"当然是海浪了
手机都被海浪打湿了"
我把耳朵更紧地贴近听筒
"听见伍尔芙的华彩之笔吗"
嗯　嗯　嗯　嗯
"北海银滩像北方的雪"
嗯　嗯　嗯
"沙滩平缓而抒情
它适宜人坐了慢慢体味"
嗯　嗯
"它不激烈不外露

却执着而热情"
嗯
"对面正有一对情人相拥而坐
在浪花中亲吻"
——
这时的听筒与嘴角都咸咸的
分不清是海水还是泪水

    2002-9-14

我想靠近一种声音

整个夏天我被挥霍殆尽
我仍在回味一种声音
确切地说
是一小片湖水的声音
它没有海水的惊涛裂岸
但我还是听到响自湖底
那隐蔽柔韧的声音

那生出羽毛的声音
正缓缓地穿越整个夏天
穿透我的身体
从声音里　我看到
不曾醉酒的柳岸
无人催发的兰舟

其实此时的我
正在晾晒一件花衬衫
却分明听到那声音
从我的楼顶经过
　　高于天空

轻于呼吸

我想靠近那声音
却未能及时打开翅膀
直至陷入但丁的"悬林"
　　成为边缘中
　　　最边缘的部分

　　　　　1998-11-4

没有什么能够带走我心的翅膀

整整一个秋天
没有什么
能够带领我心的翅膀
离开那宿命的站台
离开树荫下的长椅
还有长椅上的渴望与逃避

树叶由绿变黄了
我仍在怀念一个下午
就像踏碎落叶的脆响
内心就有秃枝般的空洞

我无法言说
枯叶在秋风中
会不会落在
自己选择的地方
无法说出飘飞与坠落
  哪个是飞翔
  哪个是死亡

整整一个秋天
没有什么能够带走
我肉体的腐朽
枫叶如刀
我只能带着一身内伤
不声　不响

　　　　1998-11-3

我重新听见雪声

是什么洞穿了
我体内的沉寂
我来不及转身
疼痛便落在实处
我重新听见雪声
正全面地来临

比我的耳朵干净
比我的眼睛干净
比我的嘴唇干净

我的身影里雪声四起
一株青草虔诚地弯下腰
看见身陷火焰的胴体
把生命里最灿烂的部分
托起

肯为我洗濯
前生来世的尘垢吗
我要带着

初出母腹的圣洁
跟随雪声
返回最初的家园

1998-11-6

你的手取走了我血液中的灰烬

整整五十七秒
足以让心中的玫瑰
花开　花落
我们在秘密的对峙中
坚守最后的沉默

直至我懊悔
直至我在懊悔中惊醒
整整五十七秒
你抚在我肩头的手
已经默默收回

一次五月中火焰的抒情
被我意念的大雪
遮盖得悄无声息
整整五十七秒
只有嘶嘶的淬火声震耳欲聋

多么真实的燃烧
整整五十七秒

如同我在用生命
把一则小令的疼痛
诠释得入骨三分

整整五十七秒
我被内心的箫声颠覆
离岸越来越远
你的手为什么不等到
第五十八秒呢

整整五十七秒
你的手取走了
我血液中的灰烬
这个夏日在我身影里
紧紧关上玫瑰之门

1999-2-25

致旅人

鸟飞远你
是为了更紧地牵引你
流水无语
是为了更温柔地洗劫你
下不下雪没有关系
只要有听雪的心情

火焰对于灰烬
是更深的灰烬
灰烬对于火焰
是更彻底的燃烧
危险的美
温暖的过程

好忧伤的"天涯呀"
在比天涯更远的地方
以最洁静的手势
抚摸你的旅途
　　一只手抚白发
　　一只手抚黑发

1997-8-12

雪人独白

如果注定　要被阳光融化
我将不再固守僵硬的姿态
不再坚持冰冷的微笑
丢弃世人强加给我的
尖鼻子　薄嘴唇　水桶裙　小红帽
释放旧身体里的新细胞
解冻嘴唇　眼睛　手指

我要用柔软的嘴唇
说九曲十八弯的话
说银河落九天的话

我要用波光盈盈的眼睛
流黑白颠倒的泪
流晶莹剔透的泪

我要用灵动的兰花指
抚一曲大珠小珠落玉盘
抚一段此时无声胜有声

然后让阳光照耀我的
今生来世　前胸后背
直至融化为千年弱水
如果阳光突然收敛光芒
我将万劫不复
我将速冻为冰刃

    2008-5-10

没顶

在那条
不谙世事的山路
当我把你手中
暗香盈盈的紫云英
当作蜜酿造
我便深知
毒已潜入其中

甜蜜的毒素
经错误的手势
穿越陈年的阳光
率真地渗入 我生命的根部
一种温柔
没过顶了

我不知该怎样
收紧触须
才不至于
被你的温情击伤

1997-1-27

暖暖的等

坐进暖秋
红叶渐浓
柔肠寸断的人
是你　是我
相思一样殷红

天高云淡的日子
我低下头
红叶说：　叶脉
便是相逢的小径

你来或不来
小径都在
暖暖地等

我将这样　一直
把红叶煨在心口
静听你突然叩响
——我的等

1996-11-2

四月的天很空（组诗）

绿

在季风的撺掇下
云在绿
　雨在绿
　　夜在绿
　　　梦在绿

柳丝长　长长地绿
坦坦荡荡地绿
充满蛊惑地绿
整个四月都在
疯狂地绿
没有写进彩笺的
每一个字
都染得郁郁葱葱

春风绿了的
岂止江南岸
北方的邮筒

正绿着想入非非的
——毛眼眼

1997-4-2

素笺的私语

我只想得意成
一张梅香袅袅的
素笺　从
重负的喘息中
把你　轻轻带走

我已站在
距你手心很近的
地方　却
无意窥视你
掌纹中的情感线

尽管你的责备
在指间烟卷的
云遮雾罩中
显得有些暧昧

对不起
由于素笺的轻轻
打扰

使你的手
翻乱了古老的日子

　　　　1997-4-3

被歌声带往高处

害怕踏进四月
是件很糟的事情
它使我生命内部的
歌声　在
遮遮掩掩时
震颤出假声的光芒

它比语言更真实
比我身体的人味
更浓　更新鲜

沿着歌声的方向
动情到四月之巅
四月　有多少真实
就有多少谎言

　　　　1997-3-31

四月的天很空

依着绿梦的边缘
想四月的花事
躲在梦外的双手
拢不住
张扬着欲望的长发

抬头寻去　燕子忙着
穿自己的花衣去了
那朵溜溜的云
也不知
溜溜成哪根细细皮鞭下
温柔的小羊了
掠过头顶的
是空空的天

在这个
并不美丽的春天
只要还在
自己的晴空下
即使剪断长发
短发也会
自己开出花来

1997-3-30

梦

走进你的梦
真好
梦里一定下雪了
把雪仗从信笺
挪到雪野
卸去粉墨
你我素面登场

不经意中
红唇印　还会
撞在你左肩吗

真怕
你突然梦醒
拭去了红唇印
我却仍在雪中
精心涂抹唇膏

困在梦中的我
逃或不逃
哪个更能自救

1997-3-29

北方的仰望

冬了很久的人
总爱仰望天空
看雁　怎样过
心　如何伤
故人寄来
怎样的锦书

不知是哪一声
长叹后
二月的天空
便矮了
最后一朵白云
绝　尘　而　去
北方的仰望
低下头来

心头落满了
桃花的樱樱唇
柳丝的绿酥手

1998-3-5

陨石雨

踩着些莫名的理由
走进闷热的下午
那些随便的书
依然开着合着
把你的书房
装饰得独具情调

斯宾诺莎　尼采　黑格尔
端坐于思想里
玛格丽特从《情人》中
轻盈地走来
一身书香　头顶
歪扣着一顶法式凉帽
莞尔一笑
我竟忘了喘气

你说在生命的转弯处
我们曾错过一个
辉煌的交点
你磁性十足的语调

慌乱了我的手脚
苍天为之动情
顿时大雨倾盆

女娲炼就的五色石
最终补不住九天的伤口
一场生命的陨石雨
坠得铺天盖地
雨中陶罐在头顶碎了
我成了一条美人鱼……

    1994-8-7

收割机

一开启我送你的收割机
我的温柔便放风了
你遥控我柔软的手臂
云游你面颊
收割那蓬乱的胡须
昨日沉重的叹息
连同藏在胡须里的故事

那两撇绅士胡
是收割机的家园
被我执着的爱情之手
疏理得充满魅力
茂密中
只疯长手臂的故事

1994-8-11

麻花瓣

就你那一嗓子《想亲亲》
我便把一贯直爽的长发
辫成了麻花辫
沉沉的辫子
瘦瘦的肩

心里有　眼里有
口里没有的
被手指　曲曲折折
编进了麻花辫
灵巧的小嘴
咬紧辫梢

《想亲亲》
从晋阳湖唱到陕北口
美丽的麻花辫
就从汾河滩辫到黄河头
火辣辣的歌声　绕辫梢
鲜红了一只蝴蝶结

1994-11-16

酿酒的女人

一嗅到酒味
就想到你
于是　梦里梦外
种满红高粱

我红了　我熟了
把自己封存起来
玲珑的酒窝
酵着一汪　酽酽的醉意

　　　　1994-11-16

唱给窑坡的信天游（组诗）

村口树下总是挥起放不下的手

上辈子走了西口的是谁
泪蛋蛋在村口
砸出一眼井的又是谁
那走路走大路的叮咛
至今暖着大路小路上的脚印

如今的光景是上蹿的灯苗
麻油守着灯瓜瓜就好
活不下的你
一口咬定去下窑

女人是灯瓜瓜
男人是油
哥哥你说走就走
叫妹妹我咋点灯

飞走的白灵子雀雀回回头
再看一眼窑脸上挂着的红辣椒

妹妹心急火燎的惦记
能把哥哥的梦烫起燎焦泡

你许下的金戒指玉手镯
妹妹我都不要
草编的戒指巧手手戴
苦日子咱也会甜甜地铺摆

阳世上来了阳世上闹
紧闹满闹头白了
叫一声三辈子的冤家
下辈子要是拴不住你
要么跟你走
要么不再活

1998-12-13

长针针牵肠　断针针挂肚

十五的月儿是高了
我的夜却长了
把贴心的话儿
捻成最疼的线
就着夜风穿入
空落落的针鼻儿

长针针牵肠

短针针挂肚
一走神儿
一针见血的想
红红的印在了荷包上

针脚走得再远
针线也捏在指间
一根针线穿透
你去你归的日子
千丝万缕都是
我心上裂开的逢

越绣越短的夜
越拽越长的线
绣上妹妹的毛眼眼
照着哥哥窑下的路
装上妹妹种的烟草
你闻一闻就是家乡的味道

如果世上没有
你想等的人
日子也无所谓甜和苦
尤其是月儿高时
细针针扎在手指肚上
夜才因此生动
月才因此圆缺

哥哥　无论你我
谁是针　谁是线
今夜只要你喊一声
我的小名
扎破的手指
就敢幸福地疼上一生

　　　1998-12-12

什么人留下个人想人

割倒高粱刨罢山药
再进大棚打掐黄瓜豆角
哥哥下窑的日子
在指头蛋蛋上
掐得暖了冷了

女人们夸显起自己的男人
一下就说到我心病上
守着热炕
一个人就是寒窑
雪片子割心没深浅
疼着你窑下的磕磕碰碰不由人

想哥哥想得气闷了心
砂糖当成了洗衣粉
枣树枝上喜鹊叫

提不起鞋来就往村口跑

世上最苦人想人
世上最甜也是人想人
女人因为有想的人
守住家园
男人因为有想的人
走得更远
狠狠想过男人的女人
才更像女人

哥哥　不要你还我
想你的泪
只要下辈子
你为我挑干黄河的水

　　　　　1999-1-10

梦中你带我回家过年（组诗）

回　家

蓝天在上
田埂在下
麻雀在前面欢唱
背后是暖暖的阳光

桃花隔着正月
在极远处喊
回家　回家
你的左肩
领着我的右肩
跟着桃花的叫声回家

还未返青的麦苗
东倒西歪
打着哈欠
等着春风
和游人的脚丫来叫

故乡的泥土
洗净一路风尘
听见了家乡的爆竹
便闻到了
年的味道

1999-3-23

窗　花

一对千年的蝴蝶
落在对襟红棉袄领口
我将经年直爽的长发
婉约在头顶
髻旁贯一朵蜡梅

心底的玫瑰
不再躲藏
大朵大朵地开在面颊
每一朵都是土炕木窗上
最美的窗花

1999-3-26

喂　鸡

你把老家的米
隆重放在

我的掌心
家和粮食
煨着我的手心手背

亲切的粮食
握着暖和的心情
我把手中的米
撒向鸡群
它们围着我
一点儿都不认生

1999-3-12

雪 仗

大雪邀请我们
去打麦场
世界一样大的浪漫
足够地久天长
陶醉在这样
纯粹的雪中
我们快乐得
雪人一样

除了心是火红的
我们全身洁白亮堂
雪球是十五的元宵

一个一个
圆圆地把儿时的笑声
——点亮
1999-3-19

挑　水

鸡鸣啄落了星星
老黄狗的尾巴
把小路摇醒

我们挑着水桶
朴素的民歌
挑着我们

鸟声和狗吠
缠绕井绳
辘轳摇响了小村晨曲

水桶把太阳
从井底提起时
水面溢满金光

挑着乡村金黄的早晨
胜过世上
所有的黄金
1999-3-16

镰刀·石头

鸟已飞上天空
鱼也回到水中
南方的春草年年绿
北方的故人几时归

你抬头是日出
低头已是日落
有一句话没有说出
小雨已是满头雪花

白了南方
白了北方
只要你忍心
就白到你的心尖上

在流浪的歌声中流浪
走近你或远离你哪个更疼痛
我只是一块失语的石头
忍痛为你打磨镰刀上的锈迹……

1998-7-5

心如止水

从这一刻起
心如止水
不再为一颗拙劣的顽石
跌宕　破碎

曾经柔软的水草
水草中的游鱼
在虚拟的氧气与阳光中
以繁华盛开荒凉

你一边说着地久天长
一边又制造心灵的千山万水
你的游刃有余像一根狡黠的猴皮筋
测量我焦灼的韧性

我已经不再害怕断裂
会使我万箭穿心
那噼噼啪啪的断响
让我听到了尘世间最绚烂的残忍

你节节坍塌的伟岸
使我的痴迷成为一片废墟
"千山万水"的跋涉
磨蚀了多少梦与真

从似水柔情到心如止水
你的自以为是成了催化剂
桃花红化作霜花白
——顷刻消融

    2008-11-1

缩 短

让今生与来世的轮回缩短
让两个城市间的奔波缩短

让一场疾病缩短
让一滴泪水缩短
让一声叹息缩短
让一生的痛缩短
让一串误会缩短
让一切等待缩短

让你之长包容我之短的疲惫缩短
让我取长补短的时间缩短

     2008-9-2

第四辑 非常写实

小街分镜头

全景：楼群簇拥的一条小街
　　　是宿舍区唯一的闹市
　　　男人们凑在街边
　　　说东　道西
　　　是小街的一大特色

长镜头：男人们悠闲身姿的对面
　　　她正在专注地经营她的菜摊
　　　下岗对于她不再是话题
　　　更落实在她的土豆白菜上

镜头一：A 先生一脸不屑的神情：
　　　张三跑出租是现代的祥子
　　　只要百分之五十的工资
　　　每月领到手
　　　咱就不掉那个价
　　　说着　左腿的重心
　　　又倒在右腿上

长镜头：她不停地擦洗着

　　　　　西红柿　茄子
　　　　　比哪家菜摊都鲜活
　　　　　儿女的早饭钱
　　　　　全靠它们的身价

镜头二：B 先生坦然瞟一眼
　　　　　卖菜的妻子
　　　　　然后把声音尽量压低：
　　　　　楼上那家伙提了副处
　　　　　咱要是有款
　　　　　别说批发　零售也干
　　　　　然后把烟头弹出老远

长镜头：她已经择好韭菜
　　　　　拣好蒜薹
　　　　　儿女的学费丈夫的烟钱
　　　　　还有家里的坛坛罐罐
　　　　　都沉在心底
　　　　　然后笑容满面
　　　　　向买主推荐清理好的菜

镜头三：C 先生揉了揉蹲麻的腿
　　　　　站起身把头凑近侃友
　　　　　神秘兮兮：
　　　　　"舞场教授"刚换了老婆
　　　　　那女人别提多性感了

　　　　　话语间　飞扬的眉目
　　　　　始终落不下来

长镜头：她菜摊的赤橙黄绿
　　　　已被不同的手拎走
　　　　她一身灰尘满脸喜悦
　　　　整数着手中皱巴巴的钱

镜头四：D先生把劣质的烟灰
　　　　磕在手心又吹了个烟灰四溅
　　　　叹了口气：
　　　　李四家女儿考上清华
　　　　走路都直往天上看
　　　　咱的姑娘就像这烟灰吹不上天

特写：　E先生的眉在飞
　　　　F先生的脸红了白了
　　　　G先生的唾沫星直冒
　　　　H先生指天画地

长镜头：她粗糙的手
　　　　伺候完青菜萝卜的一天
　　　　拍了拍溅在衣服上的
　　　　从舌尖飞来的鸡毛蒜皮
　　　　走过众先生
　　　　回家做晚饭

全景：小街的灯影
　　　　落在她微驼的背上
　　　　落在喷珠吐玉的
　　　　长胡子的唇上

　　　　　　　1998-11-10

非常写实（组诗）

从十五层窗口看见一个背影

推开十五层的窗
看见一个背影匍匐在
垃圾坑沉重的铁盖上
似乎在向垃圾们行宫廷大礼
他在对生活感恩

从捡起的旧衣物中
他能拾取残留的余温
从干皱了的水果中
汲去仅存的维生素
然后用过期的药品
疗那些新伤旧痛

不长的一截烟蒂
足够消磨他不多的寂寞
偶尔也会拾得一封
不知谁不小心弄丢的情书
也会带给他片刻的爱情

他还捡到些什么
叹息？眼泪？贪婪？遗憾？
在他眼里这些都微不足捡
他就地将它们一并
置换成了坦然与微笑
他的背影与夕阳一同下沉
整个公寓楼被他轻轻撬起

2003-4-26

他们的肩膀

"一号公寓"一交工
二十五层的高度
成了小城鸡群中的鹤
煽动来许多的搬运工
他们的肩膀要与电梯抗衡
（装潢材料不得使用电梯）
搬运费随楼层而涨
当然数额也惊人

他们从一处阴凉
倒至另一处树荫
守株待兔不急不躁
用户来雇便蜂拥上前
脸上的笑格外灿烂
但绝少不了与用户讨价还价

没人来雇也照样乐乐呵呵
抽烟打牌时
还有长短不一的鼾声伴奏
疲惫袭来便用荤段子提提神
有时我从他们身边走过
他们会突然吼一嗓子
"妹妹你大胆地往前走"
然后爆发一阵爽朗的笑声
不知为什么
他们竟把快乐传给了我

干活时他们可不含糊
肩上的物质与骨头都在发出响声
他们铆足了劲儿向上向上
一层层地接近高度
劳动的号子只在心底唱响

十五层有我的新家
尽管我很敬重他们的汗水
也疏于讨价还价
可日子还需细算精打
他们开价八百八十八
说我一定大发特发
我却咬紧六百六十六
说祝他们上楼顺顺当当
最后他们爽朗地一跺脚

说冲我的吉言认了

虽然讨回了二百二十二
看着他们上楼时的沉重
我怎么也轻松不起来

2003-4-28

阳光下……

热闹的裕华路边
一个干净的疯女人
在亮堂的阳光下
把旧报纸三叠两折后
头版、套红、彩印广告
统统被她垫在了褪下的裤裆

"大姨妈"来了
她没有"安尔乐""好舒爽"伺候
面对路人鄙视的目光
她却扬起头
对着天上的太阳唱
"我们的生活充满阳光"

2003-4-21

新来的钉鞋匠

小区新来的钉鞋师傅
蓝围裙　蓝袖套　蓝色的包
一色儿整洁的蓝
外加一脸灿烂的笑

所有的钉鞋匠
都是一样的动作
他却有着别样的手势
没有活计时的手
在一块黑胶皮上写那横平竖直
他说很喜欢颜真卿的字

无论哪一扇门里送来的鞋
不管是"富贵鸟"还是"贫民鸭"
他都一样精心侍弄
价格且童叟无欺
还送上亲切的微笑

有"奔驰"经身边呼啸而去
他拍拍身上的尘土
继续手中的活计
似乎鞋摊是那陶潜的东篱
那微笑是南山的菊花

从工厂一名高级钳工
下岗成小区的钉鞋匠
角色转换得自然而然
与其说他在为我们修鞋
不如说他在为我们修路
穿上他修的鞋
无论走过怎样的路面
都会感到踏实

   2003-4-25

说出我的怯懦

不知为什么
我竟加快了蹬车的速度
离浴池越近
我的心情越沉重
刚才发生在"文明街"的一幕
再次袭击了我

跪在朗朗阳光下的她
一张入学通知书
醒目地在胸前的牌子上
替她发出求助

八月的阳光没有一丝怜悯
比烈日更毒的

竟是几个与她同龄的男生
苍蝇般叮着她挑逗
她的头越来越低
身体在抽泣中发抖

影视作品中的情景
竟在这条"文明街"上演
过往的行人或围观或各行其路
没有一个人肯上前
制止这场对一个女生的欺辱
我只将一张五十元的人民币
塞进她的冰凉的手中
然后匆匆赶往浴池

这时的我满脸通红
为什么刚才我竟没有为一位
受辱的女生挺身而出
突然觉得自己很萎缩
并被内心的诘问
逼迫得透不上气来
我久久地站在喷头下
希望流水能冲去我的愧疚

我带着轻了的身体
无法减轻的愧疚走出浴池
赶往刚才的事发地点

一切归于平静
似乎这里什么也没发生
只是自己做了一个噩梦
为了挣脱噩梦的纠缠
也为了不被愧疚淹没
我必须说出我的怯懦

2003-4-24

汶川大地震纪实（组诗）

一封短促的遗书

"亲爱的宝贝，如果你能活着，
一定要记住，妈妈爱你"
这位母亲是在怎样的心情中
写下这样的一份短信遗言
我的想象力显得那样的苍白
哪怕只是一丝的错解
都会是对这份母爱的亵渎
但是写这份遗书的时间一定是
比仓促还要仓促
她绝对没有江姐在狱中
给儿子写遗书时的那份从容与慷慨
多写哪怕一个字
都会给怀中的孩子多一分危险
她要保证一种绝对的姿势
给怀中孩子仅有的生命空间
让孩子尽量多的享有呼吸的自由
倾听并记住母亲最后的心跳
钢筋　水泥　瓦砾的冲击
没有摧毁母亲血肉筑成的襁褓

这样的一种姿势
是绝对母性的姿势
是世界上最神圣的雕塑

2008-5-20

民警妈妈的乳汁

地震的废墟还在余震中动荡
简易的帐篷包扎着劫后余生的人们
一个身穿制服的妈妈怀里
钻着两个贪吃的婴儿
就在乳汁一滴滴
进入两个陌生小生命的同时
她自己的婴儿却在家喝着米糊
她已经记不清是在给第几个
陌生婴儿喂奶了
直到两只饱满的乳房干瘪下去
这样一幅哺乳图
美得像西斯廷的圣母
也让我想起了战争年代的"红嫂"
用自己的乳汁救活伤员的故事
总是在生命最危急的时刻
女性特有的柔软
比刚强更能直接触摸到生命最脆弱处
无论这些婴儿
将来成为伟人还是平民

也许他们不会记住这位民警妈妈的面容
但是无论他们走多远
一定会记住民警妈妈乳汁的味道

2008-5-20

一个纯净的少先队队礼

这是一个躺在担架上的队礼
出自一名刚刚从地震废墟中
被解救的儿童
不再整洁的衣服上
并没有佩戴鲜艳的红领巾
更没有来自任何的口令
他面对的并非少先队队旗
而是抬着他的解放军叔叔
他身上的尘土
和抬着他的解放军叔叔身上的尘土
出自同样的一座废墟
在他小小的　干净的心中
只有少先队的队礼
才配得上最可爱的人
这样一个特殊的队礼
不是诗人作家笔下的细节
它只能出自一颗
清澈得像山泉一样的心灵
右臂举起的瞬间

眼前的世界显得那么纯净

2008-5-17

她的身影一直让我很疼痛

不很整洁的警服裹着她疲惫的身影
凌乱的头发遮不住憔悴的面容
加固地震棚的铁锤
在她手中起落的是责任
地震棚里她把受灾的小宝宝哄睡时
还在轻轻抚摸着那小脸
情不自禁流露的是一个母亲的柔情

昨天她还是"母亲节"的主角
今天却成为一位失去母亲的女儿
又是失去女儿的母亲
双重的痛失　双重的负疚
她要用怎样的力量支撑身心的倾覆

站在央视晚会的舞台
面对随之而来的掌声和光环
她没有掩饰失去亲人的伤痛
依然没有慷慨陈词
更没有明星英雄的做派
朴实得就像身边的女伴和同事
却更加的可信　可敬　可爱

每一次的提问

她内心的伤口就会撕裂一次

当她充满歉疚地说出

妈妈，女儿对不起您

我闭上了自己残忍的眼睛

我们住嘴吧

让我们伸出温暖的手

帮她支撑起一个女儿和一个母亲的身影

2008-5-24

"今晚的月亮真圆"

　　题记：她被埋在废墟里104个小时，被解救时说出的第一句话。

在她二十六岁的生命里

一定看到过无数次圆月

从最黑暗最恐怖的废墟中逃出

第一眼看见的月亮

一定比偷看过她俩初吻时的月亮更浪漫

比曾经"雨过天晴"后的月亮更圆满

是男朋友及时的赶来

以回忆爱的方式减轻她的伤痛

以憧憬她们婚礼的方式

增加她对生的渴望

无论他们将来的婚礼
是中式还是西式
一定会和今晚的月亮一样圆满

他们的爱情从死神唇边划过
从地狱的门槛折回
这不是一个女孩子矫情的考验
与那些独自在废墟中煎熬的人相比
她应该又是幸运的
甚至比很多远离废墟的人还要幸运
是爱情陪伴她创造了生命的奇迹
也将陪伴她走出心理的废墟

地震使很多曾经牵过的手松开了
也使得遥远的心刹那间贴得更近

     2008-5-22

走近王庄

一场大风雪后
我裹紧一身的冷　看不见的伤
——走近王庄

"亲情五秒"这最家常的温暖
让泪水洗出清明
看到了生命的尊严

更新厂女工修补电缆的巧手
将伤口缝合得天衣无缝
灯姑娘明净的微笑
擦亮了埋在石头里的心灯
机修厂摇臂钻的长臂
摇出了一段藏着心跳的往事

曾经盘根错节的爱恨
经选煤机分选后
爱在上升　恨在下沉
中间是包容的碧波万顷

深入王庄
我左脚草长　右脚莺飞
长发起伏一匹丝绸的良辰好景

太行山的风在绿绿地吹
吹散我白日的虚无
夜晚的清贫
吹散我身体里的冷

我要赶在离开王庄之前
把诗歌里的灰烬
——再次点燃

  2010-3-15

一小截榆树皮

——王家岭矿难抢险纪实

这是一小截粗糙的榆树皮
和捏着它的手指缝一样黑
"它比饼干都好吃咧"
被解救的矿工操着河南口音
对着记者和镜头说
这话一点都不矫情
这是就要被死神淹没时
抓住的救命稻草
不多的榆树皮分若干份
他告诉工友省着点吃
他和省下的一小截榆树皮
终于见到了阳光

解救他出井的救护队长
用灵石方言对他说：
"把这截榆树皮送我好吗"
黑黑的榆树皮
在河南矿工手里迟疑了一小会儿
然后交到了救护队长手中

攥着榆树皮的手像是握着奖杯
"我会好好保存它的"
这里没有客套
没有豪言壮语
只有不同地域的方言
在他们之间朴素地流淌

    2010-4-19

苫单下的手
—— 一幅矿难照片带来的震撼

苫单下露出的那只手
是"屯兰2·22"矿难中
一百五十六只手其中的一只
他曾是我的同事
尽管我们并不认识
不知为什么我竟固执地认定
他与我的儿子是同龄人

看看吧,看看吧
那是一只来不及挣扎
还保留着青春幻想的手
那是一只瓦斯嗜血后乌青的手

下井前他的那只手
也曾经和我儿子的手一样生动
妈妈握着这只手的嘱咐
是它在世界上抓住的最后的温暖
转眼间相握的手松成了两界的冰凉

看着图片上那只苦单下的手
我的眼中出现了那位母亲
干枯、颤抖、绝望、欲哭无泪的手

突然我喉咙发紧
我要请那位母亲
接受一个诗人，一个母亲
和她一样的痛

     2009-3-17

所谓不同

本来,诗人不应该分女诗人、男诗人
诗人就是诗人

如果非要非要说
女诗人与男诗人有何不同

女诗人——
连爱情诗都写不好
其他诗,只有俩字:没戏

男诗人——
连爱情诗都能写好
其他诗,只有仨字:没问题

2012-5-21

"验收"在星期日

这是空前的经历
一年一度的质量验收
计检科首当其冲
总工正襟危坐
科长郑重打开笔记本
汇报当然从纸上谈兵

这时的"原始记录"
会冒出一些新的数据
潮湿破败的天平室
被一把铁将军牢牢锁紧
所有工作室的门窗
早在前一天便擦拭一新

上面的验收者再三强调
计检科是全厂的心脏
并严肃地念了五份文件
总工递了六次烟
科长倒了七次茶
同事们打了九次长短不一的哈欠

办公室烟雾弥漫
同事们坐成抱窝的木鸡
我关着耳朵睁着眼
心里却想着"燕居"书店
最近可有什么新书
然后琢磨那条旧牛仔裙
改短后让它面貌一新

这时我杯中的"碧螺春"
已喝了第四杯
只听得一声"验收通过"
我摇了摇杯中寡淡了的茶
连同落入其中的官话套话
一起泼出
就在同事们欢呼午饭有着落时
我却逃似的往家跑

但加班工资照领不误

2003-5-2

灵石行（组诗）

登石膏山小记
我为自己以名取山的无知
而倍感羞愧
并被石膏山的险峻
狠狠地教训了一回
恐高症随着攀缘的铁索登峰造极
狂跳的心差点蹦出发紫的嘴唇
曾经的优雅在拾级而上中节节败退

我似乎听见山间林涛的呼啸：
累死自以为是的诗人！

石膏山，巍峨磅礴
坐在石阶上的我
那么的渺小，那么的孱弱
我知道自己不配与林涛云海共舞
更不配将脸贴近山花共展笑容
我只在悬崖边揪下一根绿绿的草茎
将飞扬的长发牢牢扎紧

2011-6-7

又到介林

又一次被采风队伍裹挟着
来到赭红色介子石雕前
依然没有仰望
这不关颈椎病的事

诗友拉着我合影
左右都不是
左边的割骨奉君
是我一贯的不屑
右边的背母图
又令我生出质疑

介子啊介子
反正你听了太多的颂扬
今天你也不用洗耳
随便听听一位母亲的数落吧
为了名节,你有选择火海的权利
却不可以成为剥夺母亲生命的理由

正左右为难时,听得导游讲
"中国历史上,人变神的只有三位
关公、介子推、毛主席"
我拉起诗友逃之夭夭

2016-11-3

牛角鞍下

不是风雨阻挡了脚步
更不是 2566.6 米海拔的震慑
是时间让我懂得了取舍
生活赐予我淡定

当大部队前呼后拥
冒着风雨向牛角鞍冲刺时
我安静地坐在大巴里
与膝关节炎达成
——和解

2016-11-6

红崖峡谷遇烟雨

为看红叶而来
偏遇一场烟雨
"满山红叶似彩霞"
只能在老歌里灿烂了

其实,看没看到红叶没有关系
看红叶的初衷暖着冷雨打湿的身体
值得庆幸的是
红崖峡谷以她自然的美示人
没再被拙劣的故事大煞了风景

2016-11-9

六月的草原

风不吹时草也很低
一匹马献上豪爽的背
我在马背上感受辽阔
马蹄搅动草原风情

六月的草原
除了一株苜蓿一只蜂
还多了一只花环
金银花围成金色的敖包
歌声就是我温柔的皮鞭

六月的草原
水草虽不那么丰盛
已足够喂养我的白日梦
不论我是谁的好姑娘
都会在一首老歌里等待

2003-5-1

五谷丰登的心情

随了布谷的歌声
向林间舞蹈而去
心里的蓝比蓝更蓝
眼里的白比白更白
真想与布谷鸟一起飞
可高处只有梦才能够着

曾经荒芜的心情
被布谷唱得五谷丰登
可我却不能常在
布谷的歌声里
看书　跳舞　做白日梦

只好将那些丰登的五谷
封存在心的一角
一年一年酿成老酒
在梦中与月光对饮

2003-4-27

阿赫玛托娃

当你把左手的手套
戴在了右手上
就触摸到萨福
那古希腊的灵光

古老的爱情
被你酸涩的忧伤
灌得酩酊大醉后
恍惚只迈了
三步梯阶
你便端坐于
俄罗斯月神的宝座上

痛苦的荣誉笼罩下
你回到普希金的诗韵中
瘦长的手指
把揉皱的花桌布
折叠成第五个季节的玫瑰

没有挂上小小窗帘的

心灵深处
你整夜进行谈判
同自己桀骜不驯的良心
列宁格勒上空的硝烟里
久久回荡你
雷霆般的誓言

硕果累累的秋天
姗姗来迟
你从伏尔加河畔
冰冷的辙印上爬起
把五月雪
安然编进
曾经乌黑的发辫

    1997-9-12

致狄金森

仅一滴爱的芳醇
便把自己囚于篱笆内
将那束带电的发卷
种植于左胸的位置
终 生 绝 收

紧闭的柴门内
系起你洁白的围裙
锅 碗 瓢 盆
盛了精神的剧痛
喂养草原上的白日梦

艾默斯特教堂
那高高的顶尖
挡不住你善良的目光
抚慰战争的伤口

安息日　守在阁楼
借上帝杯中的酒
醉自己胸中的

喜 怒 哀 乐

葡萄酒中酿出的
真 知 灼 见
在你步入天堂后
醉倒整个美利坚

老了的是昨天
你白雪般的诗行
一如今日
鲜嫩的青草

1995-7-28

四月的柳丝

仍在不停地　编着
这时的手指
编着　欧阳修那枝
　　　月下的柳丝

月上柳梢时
没有相约
黄昏后
四月的衫袖湿透

素指苍苍　编疼
四月以后的日子

轻轻问一声
编进的牵挂
　够不够长
编进的想
　够不够绿

柳丝老时

你会不会
小心守护
四月的青翠

1996-5-12

西湖边辞友

至于
二胡的颤弓
怎样碎了一湖春水
记不清了

骤起的风
把我的心　一次次
挂在苏堤柳枝
那枝柔绿　便
垂在李白五言古风中

巍巍举起辞别
轻轻一碰
高山流水　自
二胡高把位
倾泻成　古道边的
　　　　挥手

此刻　狂奔的弓
于两根紧绷的弦之间

戛　然　失　声

木木的　我
陷入二胡苦涩的
旋律中
似乎在寻问　琴弦
何时重奏和声

　　　1996-5-15

在北京的春天行走（组诗）

204 次列车上

这是第八车厢的五号六号
我和他隔着一张茶几
要共度整个的夜晚
同行这千里的旅程
他军装的绿色
让我闻到橄榄的味道

他将高大的身体安顿好
便拿出一本少儿动漫
看得津津有味儿
还不时伴随着窃笑
茶几上山楂条的红炸豌豆的绿
被他白胖胖的手
忙碌地运送到不停嚼动的嘴中
那绿也不肥红也不瘦

面对这位最可爱的人
一系列可爱的动作

我没好意思拿出带着的
那本《2005年度诗歌选》
真要感谢我们之间的默契
沉默使我不必说出
这次到北京
是去领一个诗歌奖

2006-3-12

题俄罗斯油画展

仿佛西伯利亚大朵大朵的雪花
飘落在普希金的黑披巾与
阿赫玛托娃左手的手套上
这里的气质是冰与火的融合
很质感　更有几分的亲近

一幅昏暗的战争画面
灼痛我的眼睛
担架上死者的胸前
母亲那双枯萎的手
是整幅画面唯一的光线
在这里诅咒战争与
呼唤和平同等的重要
更浪漫的气息从
题为《祖母》的画中弥漫开来
祖母却是一位美丽的新娘

我忍不住想与美丽的祖母合影
却遭工作人员的制止
只能是望画兴叹
但我的心已被一种气质引领

2006-5-25

初次走进人民大会堂

二〇〇六年二月二十五日
一个倒春寒的日子
我们的身体被大巴运来
手持入场券　排队受检
随身物品全部交出
还有我们的身体
监测器触及我的腰部时
发出的尖叫招来惊愕的目光
竟是小小皮带扣恶作剧

一场虚惊后　我们便成了人民
人民走在人民大会堂
无须故作庄严矜持
走上红地毯时大家很放松
我的左边是编辑小焦
右边是小说家老毛
两人很绅士地架起胳膊
我优雅地挽着左右

原来走红地毯竟是这么好玩的事情
诗友们的相机不失时机地频频闪烁
不同组合的合影一浪高过一浪

会议开始后主要任务是鼓掌
也可以悄悄打个盹
渐渐的　掌声远了梦近了
多亏了一位领导将"灯火阑珊处"
念成了灯火灿烂处
才将我从梦的边缘唤回

     2006-5-24

自己的光芒
  ——题达·芬奇的《女人头像》

见到你的真容时
你的眼睑已垂下六个世纪
你不屑于人类追逐的光线
人类在黑暗中明争
光明里暗斗时
你却在黑暗里春光明媚

从佛罗伦萨到北京
你一路都无须抬起眼睑

与你仅一层玻璃之隔
我必须目光炯炯
看地中海的波涛
与你的发卷一同波澜壮阔
那诗意的蓝色
将我的呼吸与心跳席卷

你前额的那枚钻石
能否照亮我的穷途末路
你头饰上的翅膀
能否煽动我生锈的梦想
你下垂的眼睑将一如既往
我要用怎样的力量
才能擦亮自己的光芒

    2006-5-23

韬奋书店

仍是我们一同走入韬奋书店
走过坐在旋梯上的阅读者
走进地下室的"文学类"
喧嚣在这里被阻隔了

你说喜欢看我选书时的陶醉
我却欣赏你此时的指点江山
然后我总会激扬文字

更要感谢你的那句：
尽情地选 书我来驮

乘着浓浓的书香和《萨克斯风》
你徜徉于木心的《哥伦比亚倒影》
余世存的《非常道》之中
我在耶利内克的《啊！荒野》
王安忆的《遍地枭雄》中找寻出口

突然楼梯的出口处
有人在喊我们的名字
原来是高个子栾晓明
上午刚在西郊宾馆的颁奖会上分手
并告别了会上的芸芸众书
下午又在书店重逢
但我们都不会吃惊
这儿本来就是爱书人的好去处

相互欣赏一番各自手中所爱
再次握手告别
我们今晚坐火车回山西
晓明明早飞徐州

2006-3-13

二月十四日的硬座车厢

天南地北的人
揣着各自的目的
塞满了"情人节"的硬座车厢
我也挤在他们中间
突然想起了娜夜的诗
"两个怕冷的孩子
太容易挤在一起
所谓情人就是这样"

今天这么多人挤在一起
谁也不知谁更怕冷

列车拐了一个弯
一个大格子粗布包袱
正被拥挤的目光诅咒
举着包袱的手粗糙、有力
那只格子包袱一直蠕动至车厢门口
包袱后面露出了两张脸
两张年轻而风霜的脸
托着包袱的男人

腾出了左手
拉紧了身边女人同样粗糙的右手
然后对女人说了句
"拉巴实些"
我听懂了这是四川方言

方言、粗糙的手和土气的衣衫
显得有些卑微
却像一道阳光掠过
整个车厢温暖了许多

2009-3-2

摘自六月二十六日的日记

今天是六月二十六日"戒毒日"
天空莫名地下起了雨
我犯瘾似的想起一个人
想起今天是他的生日
不知谁会举杯

不知道一个人的生日
与戒毒日有什么必然的联系
我只知道
不必劝他戒毒如同
无须劝素食者戒荤
只是他的烟抽得挺凶
以至于他的诗中
弥漫着人间烟火气

我似乎看见两枚肺叶
被尼古丁越熏越黑
他的心却很干净
语言很干净
就如同他的诗

窗外的雨
使思念的瘾升级
但它只伤害睡眠
不伤害灵魂

六月二十六的夜晚
我在稿纸上胡乱写下
如下的句子——
想要戒掉思念
比戒毒更不容易

    2002-9-8

今天星期日

清晨的鸟声
是一管绿色牙膏
清理完牙缝中的梦呓
便把牛奶煎蛋做好

吸尘器停了喘息
抹布又重复快乐的舞蹈
急匆匆的手伸进洗衣筒
打捞洗净的衣物
和自己忙乱的影子

用白色的衣架
晾晒白色的睡裙时
梦中的诗句突然冒出
就在我想别的时候
已经把西红柿鸡蛋黄瓜
又料理成了
色香味美的佳肴

丈夫的西装熨好

又为儿子把短了的毛裤织长
晚饭的内容已经成熟在胸
一定要赶在《新闻联播》之前
然后把晾干的衣物
像平淡的日子一样折叠好

我像一朵开累得小花
谢了围裙　落在灯下
调低音乐　铺开稿纸
一天的柴米油盐酱醋茶
就这样落实在方格子上

我和月亮一同
失　眠　了

1998-11-8

独 饮

一再写下的四月
柳丝老去的速度
比快更快
问一声黄词中那只黄鹂
何时归来同绿？

柳丝不经意的舞姿
一定打动过什么
抚绿过什么　只是
被打动过的更易破碎
被抚摸过的更易荒芜

我和一堆枯枝
坐在树下　坐在
一些与四月有关的细节里

没有可邀的明月
照我对影成三人
我只独飲一杯清茶
品一些沉沉浮浮……

2000-7-31

向日葵

一粒籽包藏了一个心计
所有的心思都在谋划
如何逢迎太阳
得一点阳光便灿烂得花一样
太阳被云遮雾罩了
你便低头做默哀状
向日葵　向日葵
只有向着太阳才是葵
一生仰着头周旋着脖子
不知你累不累

短信江湖

此君　凭借短信掩护
下扬州会桃红了
他给柳绿的短信是
在塞北谈合作
被扬州的烟花浸淫后的此君
坐在北上的火车上
大脑思柳绿
手指想桃红
自以为在短信江湖上游刃有余
不料给桃红的短信逆流而上
停泊在柳绿的手机彩屏
柳绿　一阵莫名后恍然大悟
桃红　面对黯然的手机彩屏发呆
此君等不来桃红的回应
急切的手指乱了章法
很不幸　给桃红的四条短信
全部成为柳绿手机上的落网之鱼
在这个桃红柳绿的春天
此君却在短信江湖中翻了船

2008-5-5

折叠日子

动作是一样的
不一样的春夏秋冬
在翻箱倒柜中
花开　花落

折新衣　叠旧装
随便碰着哪一件
都会抖出三两件
五味腌制的家常
翻单衣　晒棉袄
去年落定的尘埃
在今年的阳光下舞蹈

旧衣物越攒越多
被折叠的故事越放越老
麻利的手势
在一年一年的折叠中
慢慢迟钝了

衣柜越挤越窄

眼界却越来越宽
钞票总也不见多起来
还有许多喜欢的时装
来不及买回来

春夏秋冬铆足了劲
往我的手势中奔跑
这可怎么是好
那老歌里的阳光
能否将新的日子折叠好

2003-4-20

今天……

剔除了喊不出痛的鱼刺
丢弃了那盆枯萎的"转运竹"
倒掉了一杯陈茶
换上了洁净的窗帘
发了一封两首诗比肩的邮件
读了几首"八〇后"的作品
傍晚去果园散步半小时
今天还是一个老朋友的生日
我没有打电话
只是默默地为他祝福
然后在《百年孤独》第十六章的那场
旷日持久的雨水中冲了个凉

今天
环境和心境一样的干净

2008-6-26

辨 认

……
我看见他一边压低目光
一边在躲闪
本不从容的笑容里
闪烁着愧疚
我非常认真地辨认着那种愧疚
从他失语的诚恳中
再次证实了我的猜测
直到愧疚
将他的影子带走
我陷入自己退后的一步中
仍在仔细辨认
哪一步才是海阔天空……

2007-5-5

简 单

晨练　对镜梳妆
不贴黄花　不揪新添的白发
身体在家居服里哐里哐当
手中的掸子一掸
灰尘就在阳光下四处逃散
太阳移动得很快
刚刚还在南窗撒欢
一会儿就在西窗打盹

记记日记　听听音乐　看看书
灵感光顾时写写诗
尽管电子邮件很方便
还是喜欢给好友手书素笺
偶尔也会在QQ上和朋友聊聊天

对着一盆植物发呆时
其实思维很活跃
与落在窗台的鸽子隔着玻璃对话
目光已穿越了鸽子的翅膀

太阳西沉　我下楼散步
回来少不了携带虚无的灰尘
其实拍掉灰尘也是多余
用不了太久
落满尘埃的肉身
就会被时间这把掸子
从这个世界上轻轻掸掉

2008-7-15

我在春天虚构了一场大雪

我在春天虚构了一场大雪
仅靠等待你无法企及

我出生时
产房外的大雪
掩盖了母亲的阵痛
由雪可以联想到我的命运
我的飞翔的生命
我的坠落的宿命

在这场大雪之上
我看见岑参那吹开
千树万树梨花的春风
吹开了一朵雪玫瑰

我把手从雪上伸出老远
与爱情仅一指之遥
我竟被自己的心跳
惊得不知所措

一个以雪为命的人
一生都在交付热泪
焚烧的却是自己
这场大雪擦亮梦的翅膀
飞翔为谁
坠落又是为谁

   1999-3-9

短诗一组

檀 香

一千年前　就在身体里
绣好一个一个香包
然后一点点收藏体香

一千年后　请将我制成一枚书签
我就是书页中添香的红袖
只散香　不多言

2003-5-25

蓝

——这是长白山天池之蓝

一朵火山口上的蓝
最惊心动魄的静谧
最高形式的燃烧
最精纯的火焰
灼痛了我的双眼

从此

我的眼里不再有蓝……

2008-9-1

请允许我……

请允许我

总是记住过去的不快

我知道不快的刀刃有多快

它是江湖第一刀

刀不血刃

就削弱了眼前的不快

2008-7-2

感　冒

这一天

肉体在昏睡　灵魂被放逐

没有爱　没有恨

没有精神　没有物质

删减了梳妆　省略了饮食

掩藏了过去　拒绝了未来

空洞的身体

躺在荒凉的床上

反复练习如何与感冒妥协

2008-6-16

从今往后

从今往后
左手包扎右手的伤口
左眼点亮右眼的明媚
左耳倾听右耳的涛声
左脚陪伴右脚的蹒跚
从今往后
一首好诗慢慢写
——留着
自己收藏自己

2008-7-7

春　草

我是最晚破土的那一棵小草
静静躺在温厚的土被下
倾听地下发出的
一阵一阵熟悉的鼾声
那是来自亲人的灵魂
清明的风一吹
我的牵挂便绿了

2007-5-9

惊　蛰

惊蛰过后
绿意开始蔓延
我草木一样顺从春天……

　　　　　　2009-3-5

叫出你的名字

叫出你的名字
也叫醒了我自己
雷声无边响起
麦芒刺破五月的沉寂
一粒麦香里
足够安顿疲惫的身影……

　　　　　　2009-5-16

坏

前世
就在身体里积蓄了
一点一点的坏
今生的某个夜晚
不知会是怎样的一双手来打开
那些个小小的坏

一些些封存于酒窝里酿酒
你的歌声就是最好的下酒菜

2008-7-20

黑暗中的灯盏

我一直站在窗前
看黑暗从黄昏后面
怎样一步步渲染
先是灰蒙蒙一片
远处的灯盏们浑浊闪烁
黑暗渐渐黑透时
远处的灯盏们也
亮得声势浩大起来
此时的我已站成了黑暗中的黑暗
并且看到了
彻底的黑暗中
才有最亮的灯盏

2007-5-9

陕北行（组诗）

又到枣园

二十年前
我身穿灰军装
头戴八角帽
站在领袖住过的窑洞前
留下了煞有介事的老照片

今天随采风队伍再来枣园
我溜到文化广场
坐在了地上
笨拙地举着自拍杆
与一群鸽子合影留念

2017-5-21

走出路遥故居

一路上
"叫一声哥哥你快回来"的歌声
在耳边，挥之不去

先是巧珍在叫高加林

然后是高加林在叫自己

后来是路遥在叫高加林

再后来是路遥在叫自己

最后我也加入其中

就这么不停地

——叫着

2017-5-24

在文安驿

错把文安驿

听成了王安忆

才让我对这次采风

充满了期待

站在知青墙前

队伍里一大把的主席、副主席

在认真地找主席的名字

只有我在傻傻地找王安忆

好在没令我失望

终于找到了作家

——史铁生

2017-5-23

在宝塔山下听民歌

采风队伍随着导游词
去爬宝塔山了
尽管高处风大,但
此风非彼风

宝塔山下
我在听一个地道的民歌手
唱那首《骑白马》
这才是真的民间风

2017-5-22

某某作品研讨会

文联主席逐一介绍
原党委某某副书记
原人大某某主任
原政府某某秘书长
原政协某某副主席

一色儿的原
在为原某某主席的诗集点赞
就一个真正的诗人
被搠在了一个角落
打起了瞌睡

2017-5-17

初秋，在和顺（组诗）

在许村，遭遇一条拦路的小黄狗

村口，一条小黄狗躺在路正中
从容地晒着太阳
车喇叭响起，它纹丝不动
车上有人说了句
"真不是条好狗"

突然，狗狗抬起头
一脸的不屑：哪来的这些湿人干人
搅扰了我的清静
还要对你们摇尾？给你们让路？

狗狗一扭头
小身板儿更加舒展在太阳下
三辆采风车熄了火
奔着牛郎织女故乡而来的诗人们
著名，未著名的
主编，未主编的

统统下车，走步进村

2017-8-23

南天池，野棉花

走近南天池，一丛野棉花
吸引了我的目光
我吃惊于她们的色泽与质地
竟有几分洋气

接着，我莫名地想到了
艾默斯特小镇
小镇上那位足不逾镇的姑娘
她爬过《篱笆那边》
偷听蜜蜂与野棉花的情话
弄脏了裙子，害怕上帝骂
躲进了自己造就的一片草原
做起了白日梦

想到这儿，我笑出声来
野棉花冲我：嘘，别惊动了织女
织女，对不起
原谅我一不留神儿
想到了艾米莉·狄金森……

2017-8-25

重走走马槽

避开喧闹
选择站在那块突兀的岩石上
没有伸开双臂喊:我来啦
我决定不抒情,无论冷的还是热的
只在胸前双手合十,仰望蓝天深处
祈祷能再看见雷抒雁、张承信两位师长的笑容
然后屏住呼吸,白云后面
隐约有海燕的笑声传来

那年的走马槽,被雾霭笼罩
沮丧和着细雨泥泞了草甸
二位师长的指点江山
海燕的明亮笑声
都没能改变走马槽的执拗
它执意要和诗人们玩捉迷藏
谁承想,二位师长和海燕
先后躲到了云深不知处
他们成了最老到的藏家
再也没有从游戏中走出来

此时的走马槽
天空湛蓝,白云悠悠
烽火台静默,垛口安详
我深吸了一口气

把胸前合十的双手
连同生命中那些个轻和重一并
——放下

2017-9-2

王家大院——瞎想

1994年春,我第一次来
那时的大院,不姓王,姓众
面对满院的颓败,书塾门框清冷的瘦竹
饱满且浅薄的我
拾一根麦秸做了金步摇
不等月如钩,便独上绣楼
矫情得鸡飞猫窜

1998年夏再来,院归王姓
大红灯笼照耀若市门庭
再往后,曾多次随波逐流而来
木雕,石雕,砖雕依旧缄默
石阶被各种鞋子擦出幽亮
只有那半掩着的猫门独具慧眼
明察了——
我的衰老,大院的还童

此刻,2017年深秋
麻布素衣的我再来
用旧了的身体

正从容依着做旧的木质月亮门
看夕阳透过木雕镂空处
打捞着鱼贯而入的人群

2017-10-28